TJON

THEODOR HOLMAN

TJON

Nijgh & Van Ditmar
Amsterdam 2007

www.nijghenvanditmar.nl

Copyright © Theodor Holman 2007
Boekverzorging Nanja Toebak
Foto omslag © Hollandse Hoogte
Foto auteur © Chris van Houts
NUR 301 / ISBN 978 90 388 3116 9

1

'Als je het niet durft, ben je een lafaard,' zei ik, 'en lafaards zijn verraders!'

Mijn vriendje Bert had die dag in de klas zijn twaalfde verjaardag gevierd. Na schooltijd rookten we een sigaret in een portiek in de Van de Veldestraat.

De sigaretten die ik van mijn vader had gestolen waren mijn cadeau aan Bert. Hij deelde de sigaretten uit aan mij, Thomas en Gerard.

'Je moet inhaleren!' zei ik.

'Ik kan de rook niet in mijn mond houden, het is de eerste keer,' zei Bert.

'Je moet je wangen ook niet bol houden, je moet gewoon zuigen, inademen, de rook naar binnen laten gaan en dan door je neus weer uitademen.'

'Ik kan het niet!' zei Bert. 'Ik heb astma... Ik kan het niet.'

'Je moet!' zei ik.

Thomas en Gerard trokken aan hun sigaret. Thomas moest hoesten; Gerard gooide de sigaret weg en zei: 'Dit is smerig. Dit wil ik niet. Ik neem niks wat smerig is.'

'Jij mag de sigaret niet weggooien, Bert,' zei ik, 'dit is mijn cadeau aan jou. Jij moet roken.' Ondertussen nam ik een trek, deed net of ik inhaleerde en blies de rook uit.

Bert probeerde het nog eens, begon te hoesten en er kwamen tranen in zijn ogen.

'Ik kan het niet,' zei hij.

'Vooruit, schiet op of ik trap je!' zei ik. 'Ik zal het je nog een keer uitleggen. Doe als ik... Zuig, haal diep adem...'

Dit keer hoestte hij niet alleen, maar leek hij ook naar adem te snakken. Ik trapte hem tegen zijn scheenbeen.

'Waarom schop je hem nou?' vroeg Gerard.

'Omdat hij toch niet doet wat ik zeg!?'

'Maar hij is zwak. Hij is ziek. Hij heeft astma. En hij is jarig.'

'Wat is dat dan voor ziekte?'

'Een ziekte aan je longen. Dat je geen lucht kan krijgen,' zei Gerard.

Ik begon te zweten. Bert hoestte zo erg dat hij op de grond was gaan liggen. Als hij adem haalde, hoorden we een gegier.

'Laten we weglopen,' zei ik tegen Thomas en Gerard, 'gewoon wegrennen.' Ik draaide me naar Bert en zei: 'Als je niet ophoudt, dan ga ik weg... dan sterf je hier.'

'Je hebt best kans dat hij hieraan echt doodgaat,' zei Gerard. Zijn stem klonk rustig. Gerard was de beste van de klas. Het was dus zaak naar hem te luisteren.

'Jullie hebben gezien dat hij zelf een sigaret wilde, het is dus allemaal zijn eigen schuld,' zei ik, 'en hou op, Bert! Hou op!'

Bert bleef moeilijk ademhalen. Het leek wel of hij alles uitpufte. Zijn kop was doorzichtig paars aan het worden.

'We moeten hem naar huis brengen,' zei Thomas. Thomas was een betere vriend van Bert dan ik, en dat hinderde me, al kon ik niet zeggen waarom.

'We kunnen beter wegrennen,' zei ik.

'Nee, hij moet naar huis,' zei Gerard. Hij boog zich over Bert heen: 'Zeg Bert, hoe erg is dit? Ga je eraan dood?'

'Ik... moet... pillen... hebben...'

Pillen – ik wilde die wel voor hem halen. Waar lagen ze? Bij hem thuis, nee, dan kon ik ze niet halen. Het zou uitkomen dat ik hem die sigaretten had gegeven. Alles zou uitkomen.

Dat ik hem had laten roken! Dat ik hem, op zijn verjaardag, een trap voor z'n schenen had gegeven. Z'n moeder zou kwaad zijn op mij. Ze zou mijn moeder kunnen waarschuwen...

'Je doet het in je broek van angst hè, Bert!' zei ik. 'Want je bent kinderachtig. Kinderachtige jongens doen het altijd in hun broek!'

Tot mijn stomme verbazing knikte Bert. Ik kon nog maar net mijn eigen gulp open knopen en me naar een boom keren. Zonder enige vorm van beheersing plaste ik tegen de boom.

'Zo, ik ga lekker zeiken... Lekker zeiken tegen deze boom,' zei ik luid. M'n handen trilden en het verbaasde me dat ik zo veel vocht had. 'Hou nou op, Bert!' herhaalde ik steeds weer in mijn geest. 'Hou alsjeblieft op met zo gierend adem te halen, hou op, hou op, hou op!'

'Hij moet naar huis,' zei Thomas. 'Als we hem voorzichtig optillen en met hem meelopen, dan gaat het wel. Je woont in de Van Eeghenstraat, hè Bert?'

Bert knikte, maar bleef doorgieren. Ik volgde mijn urine, die in een straaltje naar de goot liep. Ik moest niet meer, maar ik wilde nog niet klaar zijn. Mijn hemd was nat van het zweet. Ik bibberde. Ik ging naast Bert zitten, op mijn knieën, want die knikten van angst.

'Het spijt me, Bert,' fluisterde ik in zijn oor, 'maar hou alsjeblieft op met hijgen. Met dat gegier.'

'Dat is zijn astma,' zei Gerard, 'daar kan hij dus niets aan doen.'

Thomas en Gerard tilden Bert op en voorzichtig liepen ze met hem naar huis. Ik liep ernaast. Ik wilde Bert ook ondersteunen, maar Thomas en Gerard lieten dat niet toe.

'Je moet... Je moet tegen je moeder zeggen dat wij je gered hebben, Bert,' zei ik. Mijn stem was hard en hoog, ik probeerde iets lager te praten. 'Dat moet je zeggen, ja. Je moet zeggen dat wij helden zijn, dat wij je gered hebben... Want wij zijn helden. Wij, alle vier, zijn helden,' zei ik. Als ik maar praatte werd ik vanzelf rustiger. 'Jij bent ook een held, Bert. Ik zal een medaille maken. Ik kan medailles maken van stukken ijzer, dat heb ik van mijn vader geleerd, en ik zal jou een medaille geven omdat je ook een held bent... want al ben je ziek, je hebt het toch maar gedurfd!'

'We hadden hem geen sigaret moeten geven,' zei Thomas.

'Is dat geen mooi cadeau, Bert. Een medaille? Ik heb thuis echte medailles. Je mag de mooiste hebben... Echt waar. Kom vanmiddag bij me spelen. Ik heb medailles uit Indië,' zei ik.

Bert werd iets rustiger. Af en toe moest hij stilstaan en dan kon ik zijn hand vasthouden, die warm en vochtig was. Net als ik zweette hij heftig.

Toen we de straat in kwamen waar Bert woonde, zei ik: 'Ik moet nu weg, het is al laat. Zeg tegen je ouders dat wij helden zijn, Bert. Maar ik moet nu weg!'

Ik holde de straat uit. Na de hoek rende ik door, ik huilde en wist niet hoe dat te stoppen. Ik moest een wond hebben, een reden om te huilen. Ik stopte bij mijn huis en sloeg mijn hand tegen de muur. Dat deed pijn, maar je zag niets. Ik schuurde mijn hand langs de muur. Dat was beter, maar nog te weinig. Toen stak ik een sigarettenpeuk op die ik in mijn zak bewaard had en drukte die uit op de rug van mijn hand.

Ik belde aan.

2

Mijn broer, bijna vier jaar ouder dan ik, deed open.

'Ik... ben... gewond,' zei ik huilend en liet mijn broer de brandwond zien, terwijl ik die met mijn andere hand dichtkneep. Mijn broer sloeg me in mijn gezicht. 'Niet huilen! Mamma ligt in bed. Ze heeft weer een aanval en dan moet jij niet krijsen met je kinderachtige kop!'

Mijn broer hief weer zijn hand op. Ik schrok en kromp in elkaar. Hij kon schreeuwen met z'n tanden op elkaar geklemd. 'Niet janken, zeg ik. Je lijkt wel een meid! Als ik ook maar iets hoor, ga ik echt hard slaan!'

Ik liep naar de keuken om mijn hand onder de kraan te houden. Nu had mijn moeder ook nog een aanval...

Mijn moeder kon af en toe niet uit haar slaap komen, dan sloeg ze met haar armen en schreeuwde ze. Als ze uit haar slaap kwam, omdat mijn vader haar wakker schudde of een glas koud water over haar heen had gegooid, dan kreeg ze 'allemaal gaas en prikkeldraad' voor haar ogen en last van zeer erge hoofdpijn die ze omschreef als kramp.

Het had met de oorlog te maken.

Mijn vader was ook ziek uit de oorlog teruggekomen, zei hij, maar waaraan hij leed wisten we niet, want je kon niets aan hem zien.

'Mamma is er heel erg aan toe,' zei mijn broer op gedempte toon.

'Wat is er dan met 'r?'

'Wat ze altijd heeft... maar nu is het erger.'

'Hoe dan?' Mijn wond brandde op mijn hand.

'Het is erger... en het heeft met jou te maken,' zei mijn broer.

'Ik heb niks gedaan, ik heb helemaal niks gedaan!' riep ik.

'Jawel... Je schijnt iets gedaan te hebben... Maar het kan ook zijn dat mamma jou gewoon haat... dat ze jou niet wil.'

'Wat bedoel je?' vroeg ik.

Mijn broer kwam naast me staan. 'En je hebt gerookt, ruik ik. Dat ga ik ook aan mamma vertellen. Dan zal ze je helemaal haten.'

'Mamma haat me niet,' zei ik.

'Dat is anders wel wat ik haar hoorde zeggen.'

'Wat hoorde je dan?'

'Dat kan ik beter niet tegen jou herhalen. Dan zou je erg droevig worden. Maar ik weet nu dat mamma niet van jou houdt. Ze haat je. Ze houdt niet van je. Ze vindt jou een naar, vervelend ventje. Een domoor. Maar ik zeg niet wat ze heeft gezegd. Want dat zou je alleen maar meer verdriet doen. En je hebt gerookt. Dat ga ik ook tegen pappa zeggen.'

'Ik heb niet gerookt!'

'Je hebt gerookt, en waarschijnlijk heb je de sigaretten van pappa gestolen. Ja, je hebt de sigaretten van pappa gestolen.'

'Jij hebt ook sigaretten van pappa gestolen.'

'Nu ga ik het helemaal zeggen. Ook dat je liegt.'

De pijn werd maar niet minder. Ik haalde mijn hand onder de kraan vandaan en kreeg onverwacht een klap in mijn gezicht van mijn broer.

'Je liegt,' zei hij, 'ik ga het allemaal vertellen. Maar ik ga je nu opsluiten, want je bent nog maar een kind van elf jaar. Een klein kind. Ik ga je opsluiten zolang mamma een aanval heeft.'

'Ik ben twaalf.'

Joost trok me mee naar mijn kamer, maar ik probeerde me los te rukken. Toen gaf hij me een trap. Ik kromp ineen en huilde. 'Stil! Stil! Zeg ik! Je moet stil zijn voor mamma!' siste hij.

Ik deed mijn broekspijp omhoog en zag dat mijn scheenbeen bloedde van de trap. Mijn broer sleurde me naar mijn kamer, duwde me naar binnen en deed, wat hij vaak deed maar van onze ouders niet mocht, de deur op slot.

'Dit mag niet!' schreeuwde ik.

'Wel! En houd je mond. Het mag nu mamma ziek is, en ik weet dat mamma je haat!'

'Mamma haat me niet.'

'Jawel... Ze haat je... Ga maar huilen.'

'Nee, ik ga niet huilen.'

'Ik ga aan mamma vertellen dat je hebt gerookt. Dat ga ik nu zeggen, nu ze een aanval heeft, dat jij hebt gerookt. Dat ga ik zeggen. En dan ga ik pappa op zijn werk bellen en ook tegen hem zeggen dat je hebt gerookt. En ga maar huilen als een meisje. Ga maar huilen, meisje. Huil dan, meisje!'

Mijn broer begon te jennen.

En toen moest ik inderdaad huilen.

'Stil, niet huilen!' zei mijn broer toen. 'Niet huilen. Niet huilen! Mamma heeft een aanval.'

Maar ik kon mijn snikken niet inhouden.

Toen hoorde ik mijn broer weglopen en huilde ik om alles.

Ik wist dat mijn broer loog, maar ik wist niet hóé hij loog. Het kon ook allemaal waar zijn. Waarom was mijn moeder zo vaak ziek? En altijd iets met en in haar hoofd. Alsof ze door iets of iemand vanbinnen gestuurd werd. Ik had wel eens gedroomd dat ik in haar hoofd kon kijken en daar zag ik allemaal wonden. Het was een nare droom geweest. Ik had mijn vader ook weleens tegen mijn moeder horen zeggen: 'Je moet oppassen dat je niet een zieke geest krijgt.' Zieke geest. Hoe kon je je geest gezond houden? Ik was ook vaak ziek, maar ik kon daar zelf nooit iets aan doen. Het overkwam je toch?

Ik hield zo van mijn moeder – en nu had ze weer een aanval. Wéér!

Ik wilde naar haar toe, maar mijn broer had mij opgesloten. Zou ik gaan schreeuwen? Nee, als mijn moeder een aanval had, moest het rustig zijn. Ze kon dan geen geluid verdragen.

Ik liep naar de deur. Misschien zou ik het slot op de één of andere manier open kunnen krijgen. Maar toen ik de deurknop in mijn hand had, ging de deur vanzelf open.

Mijn broer had de deur niet op slot gedaan! Hij had het alleen maar gezegd!

Voorzichtig liep ik door de gang. Het was mogelijk dat mijn broer zich ergens verdekt had opgesteld of luisterde of ik wel in mijn kamer bleef. Maar ik hoorde en zag niets.

Ik naderde de deur van de slaapkamer van mijn ouders, waar mijn moeder ziek lag te zijn.

Als ik me nou heel stil zou gedragen, zou ik dan naar haar toe kunnen gaan?

Ik zou dan bij haar in bed kunnen gaan liggen. Ik zou mijn arm dan tegen haar aan kunnen leggen. Ik zou zachtjes haar hoofd kunnen masseren. Haar kusjes geven. En ik zou me heel stil gedragen.

Ik deed zachtjes de deur open. Het was donker. De gordijnen waren dicht, maar je kon toch heel flauw het daglicht erdoorheen zien.

Ik liep naar het bed toe.

Het was leeg!

Op dat moment werd de slaapkamerdeur van mijn ouders met een klap dichtgegooid, zodat ik weer gevangen zat.

'Ha ha, hij is erin getrapt. Tjon is erin getrapt! Mijn zusje is erin getrapt!' schreeuwde mijn broer op de gang.

'Ik ben je zusje niet, ik ben een jongen!'

'Juffrouw Tjon is erin getrapt! Ha ha! Ga maar weer huilen!' Dat deed ik. Ik hoorde een sleutel in de buitendeur omdraaien. Mijn broer rende naar zijn kamer en deed de deur dicht.

Mijn moeder kwam binnen.

3

'Wat is er, wat is er?' vroeg mijn moeder toen ik haar had vastgegrepen en me in haar jas verstopte, waar ik kon bibberen van angst.

'Joost heeft me opgesloten... in m'n kamer... en hij heeft me geslagen...' zei ik.

'Niet waar! Niet waar! Hij liegt, zoals altijd, hij liegt!' riep m'n broer, die achter in de gang stond en z'n stem expres liet snerpen. 'Ik kan hem niet eens opsluiten, want de sleutel van de deur is er niet. Waar of niet, mam? De sleutel is er niet! Zie je wel dat hij liegt?'

'Je hebt me geslagen en geschopt!' zei ik.

'Ook niet waar... Waar dan?'

Ik wilde mijn hand en mijn been laten zien, maar durfde niet.

'Jullie moeten ophouden!' zei m'n moeder. 'Ik wil niet horen wat er is. Jullie maken altijd ruzie. Joost, jij gaat naar jouw kamer en Tjon, jij gaat naar de jouwe. Daar blijven jullie tot jullie voor jezelf hebben besloten om geen ruzie met de ander te maken. Dan mag je je kamer weer verlaten.'

We liepen naar onze kamer toe – ik achter Joost. Joost zong zachtjes: 'Tjonnie is een meisje, Tjonnie is een meisje.'

'Wat zing je daar, Joost?' vroeg m'n moeder.

'Hij zingt: "Tjonnie is een meisje", mam,' zei ik.

'Dat is kinderachtig, Joost,' zei moeder.

Joost luisterde niet, maar zei tegen zichzelf: 'Ik ben liever kinderachtig dan een meisje en een verrader.' En toen zei hij zachtjes tegen mij: 'Niet met je vingertje in je neus zitten en ook niet in je kutje, meisjesklikspaan.'

'Naar je kamer!' zei moeder, die het niet gehoord kon hebben en ook niet echt goed kon schreeuwen. En wat ik had gehoord, zou ik niet tegen haar hebben durven herhalen.

Ik ging in mijn kamer op mijn bed zitten en bekeek mijn hand waarop ik de sigaret had uitgedrukt. Het was een grote wond geworden. Waarom zei ik niet dat Joost die wond had gemaakt? Ik kon vertellen dat hij me had willen vastbinden en toen een brandende lucifer tegen mijn hand had gehouden. Ik zou kunnen zeggen: 'Joost, mam, wilde mij martelen, zoals de jappen dat deden! Zo wilde Joost mij martelen.' Dat zou mamma erg vinden. En ook mijn vader zou ik alles vertellen over Joost. Die zou dan erg kwaad worden en Joost slaan. Dat was dan zijn verdiende loon!

Ik pakte een boek uit de kast en wilde wat lezen. Als ik naar de zitkamer zou gaan, zouden Joost en ik onmiddellijk ruzie krijgen.

Opeens ging de deur van mijn kamer open en kwam Joost binnen. Op het moment dat ik wilde gaan schreeuwen hield hij zijn vinger voor zijn mond. 'Stil, kijk, ik heb iets voor je... Om het goed te maken.' Z'n stem was zacht. Hij hield iets omhoog, maar ik kon niet goed zien wat het was.

'Dit is voor jou,' zei hij.
'Wat is het?'
'Het is een zak met dropjes.'
'Ik geloof je niet.'
'Het is wel zo, want ik heb spijt.'
'Dat is niet waar.'
'Dat is wel waar,' zei Joost, 'ik heb spijt. Ik heb je gepest. Ik kom het nu goedmaken.'

Er klonk inderdaad spijt in zijn stem.

'Waarom pestte je me dan?' vroeg ik.

'Gewoon... omdat ik weet dat jij een sigaret gerookt hebt, en omdat jij die sigaretten van pappa hebt gejat, daarom pestte ik je... ik heb het niet verraden aan mamma, of wel?'

'Nee.'

'Nee, zie je wel, ik heb het niet verraden.'

'Je kan het nog gaan zeggen.'

'Ja, maar dat doe ik niet... Nee, ik wil het goedmaken, ik heb spijt... Dat moet je straks ook tegen mamma zeggen... dat ik spijt heb... En ik heb dropjes bij me... dat moet je straks ook tegen mamma zeggen... Dan moet je zeggen: "Ik heb van Joost dropjes gekregen, en hij heeft gezegd dat het hem spijt..." Zal je dat doen?'

Hij overhandigde mij de dropjes.

'Je gaat straks gewoon door met streken,' zei ik.

'Met streken uithalen, moet je zeggen. Niet streken als werkwoord gebruiken. Dat bestaat niet. Nee. Ik ga niet door. Ik heb echt spijt. Doe ik dan nu iets verkeerd? Ik geef je dropjes. Ik verraad niets. Maar ik moet je wel een bijzonder verhaal vertellen. Dan zal ook duidelijk worden dat ik spijt heb.'

'Wat is dat dan voor bijzonder verhaal?'

'Dat zeg ik nog niet,' zei Joost, 'je moet mij eerst een hand geven zodat we niet meer boos op elkaar zullen zijn.' Zijn stem klonk steeds liever.

'En neem maar een dropje. Ze zijn niet giftig. Jij denkt natuurlijk dat ze giftig zijn – hi hi hi – maar ze zijn niet giftig.'

Ik werd ineens achterdochtig.

'Hoezo zijn ze niet giftig?' vroeg ik.

'Dat zeg ik toch. Ik heb heus niets uitgehaald met die dropjes... ik heb ze heus niet vies gemaakt... Ik heb ze niet met gif ingespoten of ze uit een vieze vuilnisbak gehaald... heb ik niet gedaan.'

Hij toonde me enkele dropjes die er oud uitzagen.

'Ze zijn wel giftig,' zei ik, 'anders zou je het niet zeggen.'

'Hoe moet ik nou aan gif komen,' zei Joost geïrriteerd.

'Je hebt ze wél uit een vieze vuilnisbak gehaald.'

'Nee, doe niet zo wantrouwig... Het zijn goede dropjes... Neem er maar één.'

'Neem jij eerst.'

Joost keek lang in de zak en schoof met z'n vingers, zo leek het wel, wat dropjes opzij om er een speciale uit te zoeken.

'Zie je wel,' zei ik, 'je hebt iets met die dropjes uitgevoerd!'

'Helemaal niet. Ik zoek alleen een kleine zodat de grote voor jou overblijven... Zoek jij er dan één voor mij uit.'

Ik deed het. Joost nam het dropje in zijn mond en zei: 'Heerlijk, hier, de zak is voor jou, neem maar.'

Ik nam de zak, rook en proefde – er was niets verdachts aan.

'Nu moet je dankjewel tegen me zeggen.'

'Dankjewel,' zei ik.

Ik begreep er niets van, dat ik zomaar dropjes van hem kreeg. En z'n stem was zacht en lief. En hij kwam naast me zitten op het bed.

Hij pakte mijn hand.

'Je hebt je hand erg bezeerd, daar zal je wel pijn aan hebben.'

'Ja.'

'Hoe komt dat nou? Hoe komt het nou echt?' vroeg hij.

Even wilde ik het zeggen, maar het leek me toch verstandiger om te liegen.

'Ik ben op school op een spijker gevallen.'

Joost haalde zijn schouders op en zei: 'Je moet ook voorzichtig doen. Jij hebt hele slechte ogen, en je gezondheid is ook niet goed. Jij moet voorzichtig doen. Ik zal je altijd beschermen. Dat heb ik gezworen, tegen pappa en mamma, want jouw gezondheid is niet in orde. Je bent zwak.'

Ik schrok, maar niet erg: 'Wat heb ik dan?'

'Je hebt een zwak lichaam. Dat weet je toch? Je bent vaak ziek. Waar of niet?'

'Nou, niet zo vaak.'

'Jawel, vaker dan andere kinderen. Je was vorige week ziek.

Hoofdpijn. Je hebt altijd maar hoofdpijn. Dat is niet normaal.'

'Ik heb niet zo veel hoofdpijn.'

'Jawel... maar daar gaat het nou niet om... je bent zwak, dat hebben pappa en mamma me zelf vaak verteld. Daarom moet ik ook op je passen, en moet ik je beschermen. Je bent zwak.'

Ik keek naar zijn ogen om te zien of hij de waarheid sprak of niet. Maar hij lachte niet en hij trok niet met z'n mond.

'Mamma heeft mij nooit gezegd dat ik zwak ben,' zei ik.

'Nee, natuurlijk niet. Dat zal ze ook nooit zeggen. Zelfs niet als jij het vraagt. Ze zal altijd zeggen: "Nee hoor Tjon, jou mankeert niets." Dat zal ze altijd zeggen. Natuurlijk. Ik had je eigenlijk ook niet mogen zeggen dat je een zwak lichaam hebt en eigenlijk ziek bent. Maar ik zeg het uit vriendschap voor jou, omdat je mijn broertje bent, en omdat ik dus van je hou, en omdat... omdat er iets anders is wat ik je moet vertellen. In het diepste geheim. Ik moet je iets vertellen, Tjon, in het diepste, diepste geheim en je moet zweren dat je het aan niemand anders vertelt.'

Ik wist niet wat ik moest doen. Dat ik eigenlijk ziek was, geloofde ik niet. Maar aan de andere kant... Ik had weleens hoofdpijn gehad, maar nooit zo heel erg. En vorige week had ik hoofdpijn gehad omdat ik toen iets verkeerds gegeten had waarvan ik moest overgeven. Dat was bedorven vlees geweest. Pappa was daar ook ziek van geweest. Pappa had daarvan ook moeten overgeven.

'Kom op, zweer dat wat ik je vertel absoluut geheim blijft. Dat je het aan niemand zal vertellen.'

Ik zou liegen, dat wist ik. Ik moest wel liegen tegen Joost, want anders zou hij me nog meer pesten. Daarom kon ik nu best zweren dat ik wat ik zou horen aan niemand zou vertellen.

'Goed, ik zweer het. Ik zal aan niemand doorvertellen wat ik van jou hoor. Wat is het geheim?'

'Het is iets heel ergs,' zei Joost, en hij draaide zich met z'n rug naar me toe en deed zijn handen voor zijn gezicht alsof hij ging huilen.

4

Ik smeekte Joost om het mij te vertellen. Maar hij hield zijn handen voor zijn ogen.

'Huil je echt?' vroeg ik.

'Hier... wat zijn dit dan... dit zijn tranen,' zei hij en hij zette grote ogen op waarmee hij me aankeek.

'Ik zie geen tranen,' zei ik.

Hij wreef met zijn handen in zijn ogen en liet me vervolgens zijn handen zien. 'Kijk, helemaal nat... van de tranen... omdat ik huil... Huil om iets ergs...'

De handen van Joost leken me droog, maar dat zei ik niet – hij had een uitdrukking op zijn gezicht die ik niet kende.

'Wat is er?' vroeg ik. 'Zeg het me alsjeblieft.'

Joost wilde me opeens niet meer aankijken en draaide zijn rug naar me toe. Toen ik snel omliep om hem toch in zijn gezicht te kijken, keerde hij me weer de rug toe.

'Wat is er nou!?' vroeg ik.

'Zweer dat je het niet zult vertellen... Aan niemand.'

'Dat zweer ik,' zei ik.

'Zweer dat je het er ook niet met mamma of pappa over zult hebben.'

'Dat zweer ik.'

'Zweer dat je nooit zal vertellen... nooit en nooit en nooit... dat ik het heb verteld.'

'Eerlijk, ik zal tegen niemand wat zeggen, dat zweer ik.'

'Vooral niet tegen pappa of mamma.'

'Echt niet!'

Joost liet me alles nog eens zweren en zei toen: 'Ik heb iets gehoord wat ik niet mocht horen. Iets vreselijks. Ja, het is heel erg. Ik zal het jou nu vertellen, en je zult geschokt zijn. Je zult misschien moeten huilen, maar ik zal er zijn om je te troosten.'

'Wat is er dan?'

'Ik heb gehoord... Het was zo... Op een nacht, gisteren was het geloof ik... ja gisteren... kon ik niet slapen. Het was al laat. Ik ging mijn bed uit. Ik liep op de gang en ik hoorde opeens een raar geluid. Wat zou dat zijn? Opeens wist ik het... het was mamma... Maar, maar... ze was aan het huilen. Ja, ze huilde... als een kind.'

'Dat heb ik ook weleens gehoord. Was dat het? Dat komt door het kamp,' zei ik.

'Stil! Nee, natuurlijk is dit het niet! Ik weet ook wel dat dat door het kamp komt. Maar nu was het anders! Hou je kop tot ik uitgesproken ben! Ik ben nog niet klaar met vertellen. Mamma huilde dus. Maar heel anders dan anders. Dit was echt diep verdriet. En ik kwam tot heel dicht bij de slaapkamer... Pappa was er ook... Ik hoorde hem opeens tegen mamma zeggen: "Je moet sterk zijn... Wees sterk, meisje..." Dat zei pappa.'

'Maar wat was het dan?'

'Het was erg... wat ik toen hoorde...'

'Maar wat hoorde je dan?'

'Niet zo snel... Het is schokkend, en ik weet nog steeds niet zeker of ik het je wel moet zeggen... Maar je hebt beloofd dat je tegen iedereen je mond houdt.'

'Ja.'

'Zweer het nog een keer.'

'Ik zweer het.' Ik legde mijn linkerhand op mijn hart en stond met twee gespreide vingers van mijn rechterhand voor Joost en zei zoals we vaker deden: 'Zweer!'

'Goed... Ik stond dus in de gang. Vlak bij de slaapkamer

van pappa en mamma. En mamma huilde dus en pappa zei dat ze sterk moest zijn. En toen zei pappa: 'Ik kan heus wel alleen voor Joost en Tjon zorgen...'

Mijn broer zweeg nu en sloeg opeens zijn handen voor zijn gezicht.

'Nu heb ik het gezegd!' zei hij.

'Wat heb je gezegd? Wat bedoel je? Ik begrijp het niet. Hij zei alleen: "Ik kan heus wel alleen voor Joost en Tjon zorgen?"'

'Ja... Begrijp je het dan niet?'

Ik dacht na. Het was bedreigend, dat voelde ik, maar wat?

'Gaat mamma weg? Maar waarheen dan?'

'Je begrijpt het echt niet,' zei Joost, 'dan zal ik het je maar zeggen. Mamma gaat weg... Inderdaad... Maar om nooit meer terug te keren...'

'Waar gaat ze dan naartoe?'

'Naar het land waar je nooit meer vandaan komt,' zei Joost. 'Ze gaat namelijk dood. Dood, hoor je, Tjon. Mamma gaat dood. Binnenkort. Binnenkort sterft ze. Dan is ze dood.'

'Hoe dan?'

'Omdat ze ziek is. Mamma is erg ziek. Dat heeft voor een deel met de oorlog te maken, maar ook voor een deel met haarzelf. Ze heeft een ziekte waaraan ze doodgaat! Ja... ga maar even huilen, Tjon. Nu mag je... Nu mag je huilen, want dat heb ik ook gedaan. Huil maar.'

Ik keek naar mijn broer. Ik wist niet of hij de waarheid sprak en daarom moest ik ook niet huilen. Het baarde me wel zorgen.

'Moet je niet huilen? Vreemd... Heb je wel gevoel?'

'Is het... echt waar?' vroeg ik.

'Ja... Ik wil het je wel vertellen, maar...'

Hij bleef stil.

'Maar wat?' vroeg ik.

'Maar het is een vreselijk verhaal, en er zit nog een staartje aan dat het misschien nog treuriger maakt... Nee, ik denk maar niet dat ik het vertel.'

'Jawel, vertel.'

'Weet je zeker dat je ertegen kunt?'

'Misschien... ik weet het niet.'

'Je kan niet tegen enge verhalen... dat weet ik. Nee, ik vertel het maar niet.'

'Ik zal me inhouden. Heus!'

M'n broer schudde z'n hoofd en bleef me aankijken. 'Ik weet niet of ik het je wel moet vertellen...' Maar opeens zei hij: 'Goed, dan moet je het zelf maar weten.'

Hij ging verzitten en sprak: 'Je weet dat mamma en pappa in de oorlog in een Japans kamp hebben gezeten. Dat weet je, hè?'

'Ja.'

'Je weet dat ze daar zijn gemarteld, hè.'

'Ja... dat wil ik niet horen.'

'Nee, want daar kan je niet tegen, hè? Maar je moet er nu toch even naar luisteren, Tjon. Je kunt niet altijd maar kind blijven, vooral niet nu mamma binnenkort sterft, en je geen mamma meer hebt.'

Het was alsof het verlies van m'n moeder nu pas tot me doordrong, maar ik hield me goed.

'Kijk, in dat kamp,' zei m'n broer, 'haalden de jappen de ene marteling na de andere uit. Allemaal met onze moeder. Ze sloegen haar, ze spuwden op haar, ze schopten haar...'

Ik probeerde niet naar zijn woorden te luisteren door aan iets anders te denken. Ik dacht aan elektriciteit – daar hadden we op school les over gehad.

'Ze pisten over haar heen, de jappen. Expres. En dan sloegen ze mamma weer. Ze sloegen haar met zwepen en met houten takken en eigenlijk ook met grote houten knuppels. Op haar hoofd. Zodat ze bulten kreeg en dan sloegen die jappen mamma op die bulten!'

Joost had dit al eens eerder verteld en toen moest ik overgeven. Ik werd nu weer snel misselijk en hield mijn handen voor mijn oren.

'Je moet luisteren, dat heb je beloofd!' zei mijn broer en hij haalde met een ruk mijn handen van mijn oren. 'En ze lieten haar poepwater drinken. Bedorven poepwater... je wordt misselijk hè... grote slokken bedorven poepwater moest ze drinken, Tjon. Met pis erdoor. En wat werd ze daar misselijk van, heel misselijk. Van dat poepwater met pis. En toen moest ze overgeven, en...'

En toen moest ik kokhalzen. Ik rende naar de badkamer en spoog daar mijn kots in de wasbak. Joost rende achter me aan.

'Ja... mamma moest ook kotsen... en dat dan weer opeten... Luister je eigenlijk wel? Ze moest kotsen en dat dan weer opeten... Hou even op! Ophouden nu, Tjon!'

Ik hield niet op, en toen opeens stond Joost naast mij en moest hij ook overgeven.

'Nu heb jij mij ziek gemaakt!' zei hij. Hij gaf me een stomp tegen mijn schouder, het deed niet eens zeer.

Nadat hij een paar keer diep had ademgehaald, ging hij verder. 'Daar in dat kamp heeft mamma een ziekte opgelopen, omdat ze erg verzwakt was. En die ziekte, daar heeft ze nou last van. En dus gaat ze dood... Maar misschien ga jij of ik ook wel dood aan die ziekte... Dat weet niemand. Misschien hebben wij die ziekte wel geërfd!'

Ik luisterde er nauwelijks naar.

'Wat zijn jullie daar in de badkamer aan het doen?' riep mijn moeder opeens van beneden.

5

Zou mijn moeder echt binnenkort sterven?

Ik kon nauwelijks meer naar haar kijken.

's Avonds voor het naar bed gaan, ging ik op haar schoot zitten.

'Je wordt zwaar, jongen,' zei ze.

Geschrokken stond ik op. Dit waren misschien wel de eerste tekenen van ziekte, van zwakheid.

Joost leek het zich minder aan te trekken dat mamma doodging. Wel sprak hij er met mijn moeder over.

'Wat gebeurt er na de dood, mam?'

'Niks denk ik,' zei moeder, 'waarom wil je dat weten?'

'Is het niet heel erg om te sterven?' vroeg Joost.

'Dat weet ik niet.'

Maar wanneer ze doodging, dat vroeg hij niet. Hoewel ik het antwoord niet wilde horen, wilde ik eigenlijk wel dat ze het nog een keer zou zeggen. Tegen mij. Maar ze zweeg. Als ik naar Joost keek, deed hij z'n vinger voor zijn lippen ten teken dat ik mijn mond moest houden. En dat deed ik ook angstvallig, terwijl ik de geur van mijn moeder opsnoof. Hoe zou ik kunnen laten blijken dat ik van haar hield, zonder het haar voortdurend te zeggen? Ik wist het niet. Wel vroeg moeder: 'Wat is er toch met je, Tjon? Je bent zo aanhankelijk.'

Toen ik in bed lag, kwam Joost naar me toe om met me te praten.

'We moeten ons goed voorbereiden op het overlijden van mamma,' zei hij.

Ik draaide me om, want ik wilde er niet over praten.

'Ja, je wilt het niet horen, maar je kunt het beter nu horen dan straks,' zei Joost, en hij ging door: 'Als mamma namelijk dood is, heb je de kans dat pappa even later van verdriet ook sterft. Dat gebeurt heel vaak. Zoals je weet is pappa ook ziek uit het kamp teruggekomen, dus de kans dat hij vlak na mamma sterft is heel groot. Dan zijn wij met z'n tweeën...'

Hij pauzeerde even en zei toen: 'Leuk hè?'

Ik antwoordde niet.

'Ja, het is wel heel verdrietig, want dan hebben we pappa en mamma niet meer, maar dat we dan met z'n tweeën zijn, geeft natuurlijk allerlei mogelijkheden. Er zitten ook leuke kanten aan hoor... Of vind je niet?'

Ik zei nog steeds niets.

'Vind je het niet leuk, Tjon, als wij met z'n tweeën zijn? Ja, met mamma en pappa erbij is het natuurlijk fijner, maar met z'n tweeën is toch ook fijn? Dan zijn we helemaal vrij. Natuurlijk moet je wel doen wat ik zeg, want ik ben de oudste...'

'Ik doe dan gewoon wat ik wil.'

'Nee, dat mag je dan niet.'

'Wel!'

'Nee! Dat staat in de wet. Dat mag niet. Als jij niet doet wat ik zeg, dan ben je strafbaar. Dat mag niet van de wet!'

'Is niet waar.'

'Wél! De oudste heeft de zorg over de jongste! Zo staat het in de wet. En iedereen moet zich aan de wet houden! En als jij niet doet wat ik zeg, kleine smeerlap, dan komt de politie je halen en dan ga je naar de jeugdgevangenis!'

'Is niet waar!'

'Is wel waar. En hou je mond en laat mij uitspreken! Je laat me niet uitspreken. Je moet me laten uitspreken!'

'Ik zeg helemaal niks!'

'Jawel, je luistert niet, omdat je zit te kletsen terwijl ik aan het woord ben! Je moet je kop houden! Je moet nou al leren dat je naar mij moet luisteren.'

'Doe ik niet.'

'Jawel, en luister... In die jeugdgevangenis zitten jongens die ouder zijn dan ik en die moet je ook gehoorzamen. Dat zijn jongens die in Duitse kampen hebben gezeten. Bij de Duitsers. Kijk, de jappen deden je pijn, maar de Duitsers waren gemener. Die deden het met gas. Zodat je het niet merkte. Daar hebben die jongens van geleerd. Die kennen geheime trucs om jou te laten gehoorzamen, want dat hebben ze van die Duitsers geleerd. Dus je kan beter naar mij luisteren.'

Ik zweeg. Joost ging nog even door, maar ik viel vanzelf in slaap. Waarschijnlijk was het laat.

's Nachts werd ik wakker.

'Joost?' fluisterde ik.

Hij sliep. Ik stond op en liep door de gang naar de kamer van mijn ouders. Misschien waren ze nog wakker. Ik zag onder de deur licht branden en ik hoorde ze zachtjes praten.

"k Heb anderhalf uur gezeten, maar het komt er niet uit,' hoorde ik mijn vader zeggen. Ik hoorde z'n Indische accent.

'Je zit misschien te lang,' zei m'n moeder.

'Ik heb wel kramp, maar het komt er niet uit.'

'En die pillen?'

'Die helpen niet, die helpen gewoon niet. Ik heb wel gevoel, dus dat ik moet, maar het komt er niet uit. En ik heb een hele harde buik.'

'Ga dan weer naar Van der Zande.'

'Ik zit elke week al in die spreekkamer... Het moet er gewoon uit. Ik voel dat het eruit moet, maar het gaat er niet uit.'

Mijn vader was nu ook ziek. Zo klonk hij.

Of zou Joost alles gelogen hebben? Zou ik aankloppen en huilend bij m'n ouders naar binnen lopen? Ik mocht dat niet doen. Ik had Joost een belofte gedaan. Ik had een eed gezworen. Ik moest proberen alles te vergeten.

Ik ging terug naar mijn bed.

Iedereen was ziek hier in huis. Maar ging mijn moeder nu dood of niet? Ik dacht aan haar. Ik moest huilen, maar ik probeerde het zo lang mogelijk in te houden.

Ik nam me voor om later iets te worden wat ze graag wilde. Dokter, ja, dokter zou ik worden. Dat zou ik haar morgen zeggen. Dat was fijn voor haar. Ik moest dan wel zweren dat ik dokter zou worden. Ik zou zeggen dat ik mensen zou gaan genezen, en dat later ook gaan doen.

Ik legde mijn hand op mijn hart en wilde voor mezelf het zweergebaar maken – niemand zou me hier zien. Maar ik durfde niet. Stel dat ik er te dom voor zou zijn. Ik begreep vaak dingen niet. Dat zei Joost, en dat was ook wel waar.

Maar ik kon wel beloven dat ik het zou proberen. En ik kon het ook zeggen.

Ik dacht aan zieke mensen.

Ik kon wel niet tegen ziekte, maar dat zou ik mezelf gaan leren. Ik zou Bert met zijn astma kunnen helpen. Ik zou een middel tegen astma kunnen uitvinden.

Ik viel in slaap.

6

'Jongens, er is iets ergs gebeurd,' zei onze meester.

Ik keek snel de klas rond: iedereen was er, op Truusje Scheltinga na. Bert zat met z'n bleke kop naast Ernst, en Gerard en Thomas zaten een beetje op hun stoel te wippen. De meester herhaalde het nog een keer.

'Jongens, er is iets ergs gebeurd... hier op school. En straks komt mijnheer Vesseur het jullie uitleggen, en ik wil dat jullie dan goed luisteren.'

Meester Frans bleef even stil en keek naar buiten of mijnheer Vesseur er al aankwam.

Wat zou er gebeurd kunnen zijn? Zou Bert hebben verteld van het roken? Van zijn ziekte? Zouden zijn ouders geklaagd hebben? Het was alweer een tijd geleden. Ik zou dan van alles de schuld krijgen! Ja, ze zouden allemaal mij de schuld geven, dat was duidelijk. De klootzakken! Ze waren onbetrouwbaar. Ik moest hun namen op een lijst zetten!

Ik zou kunnen vertellen, bedacht ik, van mijn moeder die zou sterven. Dat had er wel niets mee te maken, maar misschien zouden ze dan medelijden met me krijgen. Maar waarom had ik dan die sigaretten van mijn vader gestolen? Ik wilde Bert alleen maar een plezier doen. Het was in wezen goed van mij. Die sigaretten waren toch niet zo erg? Joost stal zo vaak sigaretten! En Bert zelf stal bij drogisterij Jansen in de Van Breestraat altijd drop. Dat zou ik dan ook zeggen.

Hoewel, dan was ik ook een verrader. Ik zou dan een oorlogsverrader zijn. Het was beter, als alles uit zou komen, om weg te lopen. Helemaal weg. Maar mijn moeder dan? Ik zou dan niet weten dat ze dood zou zijn. Het zou kunnen dat ze dan van verdriet eerder zou sterven.

Ik probeerde niet te huilen, maar kon m'n tranen nauwelijks bedwingen.

'Wat is er?' vroeg Job, die naast mij in de klas zat.

"k Heb hoofdpijn.'

'Moet je tegen de meester zeggen. Zal ik het zeggen?'

'Nee, hou je kop!'

Op dat moment kwam mijnheer Vesseur de klas binnen. Hij keek bedenkelijk. Ik werd opeens duizelig. Misschien was het erge wel dat mijn moeder was gestorven, thuis, en nu kwam hij mij dat in de klas vertellen. Ten overstaan van de hele klas!

M'n hart klopte.

Opeens werd ik rustig. De ogen van Vesseur richtten zich niet op mij speciaal, maar hij keek de hele klas aan. Hij ging enigszins wijdbeens staan en zei: 'Jongelui, ik moet jullie iets heel vreselijks vertellen... en ik weet eigenlijk niet goed hoe ik het jullie moet vertellen, maar ik zal het maar gewoon doen. Jullie kennen meester Braks? Nou, die is dood. Maar ook is Els Scheltinga vandaag gestorven, het zusje van Truusje die hier bij jullie in de klas zit. Els is omgekomen bij een verkeersongeluk. Ja, twee op één dag, een leraar en een leerling. Dat is veel. En daarom hebben we jullie ouders gebeld en die komen jullie zo ophalen. Jullie hoeven morgen niet naar school. En...'

Vesseur wist even niks te zeggen, het was alsof hij niet meer verder kon. Ik keek naar meester Frans, die had zich omgedraaid. Het was in de klas nog nooit zo stil geweest.

Ik voelde me opgelucht. Blij, eigenlijk. Het had niks met mij te maken!

'Is er iets wat jullie willen vragen of zeggen?' vroeg meester Vesseur.

Anneke stak haar vinger op.

'Wat is er gebeurd en hoe is het met Truusje?'

'Truusje was ziek, die was thuis. Haar zusje speelde buiten en is toen door een auto geschept. Ze was meteen dood. Truusje is nu even bij een tante, maar gaat straks weer naar haar moeder. Ze zal nu alweer thuis zijn. Het gaat verder goed met haar,' zei meester Vesseur.

'En hoe komt meester Braks dood?' vroeg Ernst.

'Ja dat... Dat is een heel verhaal, jongens. Mijnheer Braks was... hij was heel treurig. Hij voelde zich niet zo goed. Hij was ziek, maar in z'n hoofd, zou je kunnen zeggen. Ja, en hij wilde niks meer. Helemaal niks. Eigenlijk ook niet meer leven. Ja, en, nou ja, en... hij is nou dus dood. Zo is dat.' Meester Vesseur hield z'n mond en beet op zijn lip en toen zei hij: 'Jullie moeten hier wachten op je ouders. En ondertussen moeten jullie maar... een tekening maken, of gewoon iets voor jezelf doen, maar wel stil, want meester Frans en ik willen nog even met elkaar praten... Dus ga nu stil iets voor jezelf doen. Ik wil absoluut niks horen.'

Bert stak nog even zijn vinger op.

'Ja, Bert,' zei mijnheer Vesseur.

'Meester, gaan wij nu ook naar... twee begrafenissen?'

Mijnheer Vesseur keek even meester Frans aan. Die haalde zijn schouders op.

'Misschien, Bert,' zei mijnheer Vesseur toen maar.

Door de ramen zagen we onze moeders aankomen.

Het moest wel een treurige tocht voor mijn moeder zijn. Weer mensen die om haar heen doodgingen, net als in de oorlog. Ik zag haar lange bruine jas, ze was mooi. Ik moest vaak naar haar haren kijken, waarin al grijze plukken zaten.

'Dat zijn mijn zorgen,' zei ze.

De moeders kwamen de klas binnen en mijnheer Vesseur en meester Frans stonden er een paar te woord.

Mijn moeder ging meteen naar mij toe.

'Ben je geschrokken?'

Ik schudde mijn hoofd.

'Erg hè, van Elsje en mijnheer Braks,' zei mijn moeder. Ik lette op haar gezicht, maar ik zag niets bijzonders.

'Kom maar mee naar huis. Dan kan je daar spelen.'

We liepen de school uit en passeerden de klas van mijnheer Braks. Ik zag dat zijn paraplu nog in het strafhoekje stond, de hoek waar de kast tegen de muur stond. Het was een nieuwe paraplu. Verder was de klas leeg. Aan de muur hing een tekening van een grote hond. Daaronder had iemand 'Wolf Blindengeleidehond' geschreven. Waarom weet ik niet, maar ik moest bijna huilen toen ik die tekening zag.

Op straat zei mijn moeder plotseling: 'Ik ga even naar de moeder van Truusje toe. We zijn tenslotte buren.'

Ik schrok.

7

We naderden het huis van Truusje.

Ik kneep in mijn moeders hand.

'Je hoeft niet mee naar binnen hoor, als je niet wil. Dan moet je even buiten blijven staan. Ik wil alleen even mijn hulp aanbieden aan de moeder van Truus.'

Ik zweeg en keek naar het huis. Er bewogen mensen achter de ramen, boven waren de gordijnen dicht.

Mijn moeder ging naar binnen en ik wilde op de rand van het muurtje van de voortuin zitten. Ik wist niet of ik met mijn rug naar het huis zou gaan zitten of juist niet. Het was misschien dapperder om het huis recht aan te kijken. Maar zou ik dan niet de indruk wekken dat ik nieuwsgierig was? Ze zouden dat kunnen opvatten als belangstelling en misschien zouden ze me dan naar binnen roepen!

Ik besloot niet op het muurtje te zitten, maar heen en weer te lopen.

Mijn moeder ging naar binnen en nog geen minuut later kwam Truusje naar buiten.

'Hai,' zei ze.

'Hai.'

'Els is overreden door een auto.'

Ik meed Truusjes blik.

'Dat zei mijnheer Vesseur,' zei ik en ik gooide een steentje naar de overkant van de straat. 'En meester Braks is ook doodgegaan gisteren,' zei ik.

'Ik was ziek, maar nu ben ik beter,' zei Truusje. Ze sprak niet over Braks en ook niet meer over haar zusje. Ik wist niet of ze had geluisterd.

'Fijn,' zei ik en ik vervolgde: 'Meester Braks is doodgegaan omdat hij... hij was ziek.' Ik wist niet waardoor meester Braks precies was overleden.

Truusje en ik keken elkaar opeens aan.

'M'n zusje ligt boven in haar bed,' zei Truusje, 'ze is helemaal netjes aangekleed.'

De buren aan de overkant staarden naar ons, merkte ik.

'Kan je zien dat ze een auto-ongeluk heeft gehad?' vroeg ik. Truusje tuurde zwijgend naar boven.

'Ze ligt in die kamer daar.' Truusje wees naar een raam rechtsboven. De gordijnen waren dicht, maar het raam zelf stond een eindje open.

Ik keek nog een keer naar de buren en die schoten weg.

'Heb je... gehuild?' vroeg ik. Ik gooide een klein steentje naar het huis van de buren. Niet echt, ik gooide het steentje eigenlijk vlak voor me neer.

'Ja, soms moet ik huilen, maar nu niet.'

We gingen samen op het muurtje zitten, we keken het huis aan.

'Het is net of ze slaapt,' zei Truusje. Ze legde haar handen op haar buik en sloot haar ogen, om mij te laten zien hoe haar zusje lag.

'Maar ze wordt nooit meer wakker,' zei ik.

'Ik zou best dood willen zijn,' zei ze.

'Dat moet je niet zeggen.'

'Waarom niet?'

Ik dacht na.

'Niets is zo erg als doodgaan,' zei ik.

Truusje begon te huilen en ik wilde weglopen. Ik voelde een drang om te plassen. Maar mijn moeder was binnen, en het was slecht – want niet dapper – om weg te lopen. Ik kon me bijna niet inhouden. Ik moest ook Truusje troosten, dat wist ik. Ik kon haar alleen niet aankijken – en ik dacht dat ze steeds met haar ogen de mijne zocht.

'Zal ik je... zal ik je een geheim vertellen?' vroeg ik. Ik overwoog of ik haar zou vertellen van de aanstaande dood van mijn moeder, maar dat was helemaal geen leuk geheim. Ik moest dus iets anders verzinnen.

'Wat voor een geheim?' wilde Truusje weten.

Ik dacht koortsachtig na. 'Ik kan je misschien een geheim vertellen... dat niemand weet. Alleen ik.' Zou ik vertellen dat doden geesten worden? Dus dat Elsje een geest zou worden, een spook? Die zou Truus dan 's nachts bezoeken. Het kon zijn dat het een slecht spook zou zijn, dan zou ze het huis beheksen. Ze zou zelfs een moord kunnen plegen. Ze zou... Ik probeerde m'n gedachten stop te zetten, maar dat ging moeilijk.

Truusje droogde haar tranen.

'Wat voor een geheim dan?' vroeg ze gejaagd.

'Ik zal het in je oor fluisteren,' zei ik. Nog steeds wist ik niet wat ik moest zeggen: Ik kon haar vertellen over het stelen van de sigaretten en over hoe Bert bijna stikte, maar dat leek me ook niet goed. Ik moest iets liefs zeggen.

Truusje veegde het haar van haar oor weg en zei: 'Vertel maar.'

Ik kende geen enkel geheim, behalve het geheim van doden en geesten, maar ik ging naar haar oor toe en fluisterde: 'Onze buren hebben een hond en die is zwanger. En als die kinderen krijgt, mag jij komen kijken. Daar zorg ik voor. En je mag dan ook een hondje uitzoeken, een kleintje, daar kan ik ook voor zorgen.'

'Is dit een geheim?' vroeg Truusje.

Ik begreep waar ze op doelde en besloot eroverheen te praten.

'De hond van de buren is eigenlijk een politiehond, dus een heel bijzondere hond. Ik kan heel goed met hem opschieten, want hij luistert eigenlijk alleen maar naar mij. Ik kan een soort taal met hem spreken. Hij begrijpt mij.'

'Als het een hij is, hoe kan hij dan kinderen krijgen?' vroeg Truusje.

Ik had weer fouten gemaakt en bloosde.

'En ik vind het ook helemaal geen geheim,' vervolgde Truusje. We keken elkaar weer aan. Ik zag in haar nu haar zusje: hetzelfde haar, dezelfde ogen, dezelfde mond. Haar dode zusje lag nu in bed. Misschien stond het dode zusje 's nachts op. Je kon dan zien waar ze het auto-ongeluk had gehad. Misschien had ze een verbrijzeld hoofd. Dat had ik eens op de radio gehoord, dat een man onder een auto was gekomen en toen een verbrijzeld hoofd had gehad. Dat had Elsje misschien ook: een hoofd dat kapot was, gruis, in stukken gevallen... Ik werd misselijk en wilde wegrennen, maar ik kon niet. En kon ik maar ergens plassen.

'Ik rook sigaretten,' zei ik toen.

Het verbaasde Truusje. 'Dat is slecht,' zei ze.

'Ja, maar ik kan ertegen.'

'Het is slecht voor je longen.'

'Mijn vader rookt ook.'

'Mijn vader ook.'

'Waar is je vader nu?' vroeg ik.

'Hij is bij oma.' Truusje keek me weer strak aan en ik moest haar wel aan blijven kijken. 'Weet je... mijn vader en moeder huilen steeds.'

'Zie je ze huilen?' vroeg ik.

'Ja.'

Ik dacht na: ik had onwaarheid gesproken over die hondjes. Dat was geen geheim. Er moest iets tegenover gesteld worden, het moest in evenwicht worden gebracht.

'Het is...' zei ik, 'misschien geen geheim met die hondjes. Maar weet je... Die hond heeft al eens kleine hondjes gehad en één van die hondjes... een meisje ook... was doodgeboren. Met de navelstreng om haar hals was ze gestikt... Gestikt... En die moederhond, die ik dus goed ken, omdat die van mij houdt, die heeft toen de hele tijd dat dode hondenkindje zitten likken en weet je... Er rolden tranen uit z'n ogen.'

'Het was toch een moederhond?'

'Echte tranen...' ging ik door, 'maar weet je, er is ook iets anders, ook een geheim, maar anders. Ik kan van hout een amulet maken die geluk brengt, zoals de indianen hebben, dat kan ik. Zal ik die voor je maken?'

Truusje haalde haar schouders op.

Opeens hoorde ik de stem van mijn moeder. Ze was het huis uit gelopen.

'Tjon en Truusje... Komen jullie binnen? Tjon, als je het niet wil moet je het maar zeggen, maar we gaan naar Elsje kijken. Kom je?'

Dat m'n moeder dat gewoon naar ons schreeuwde met haar zwakke stem.

8

Ik zocht m'n moeders ogen om haar te laten weten dat ik niet naar Elsje wilde kijken. Maar het was duidelijk dat ze het noodzakelijk vond dat ik Els bezocht. Waarom wilde ze dat toch?

Ik ging in het dodenhuis naar de wc en plaste, maar ik bleef daarna aandrang voelen.

Ik zou in de dodenkamer m'n ogen dichthouden, bedacht ik. Maar de geur, hoe zat het met de geur? Kon je de dood ruiken? Dat zei mijn vader vaak. 'Ik heb in de oorlog heel vaak de dood geroken, vooral toen ik de graven moest graven...'

De lucht in de dodenkamer kon verontreinigd zijn door de dode. Dode vogels en dode muizen en ratten waren zwaar giftig, dat was bekend. Je kon er de ergste ziektes van krijgen. Je kon er zelfs dood van gaan! Er stond een raam open, maar bacillen van de dode konden boven het lijk hangen. Ik moest heel weinig ademhalen. Verder, wist ik, was de ontbinding al begonnen. Die begint namelijk meteen na de dood. Eerst wordt het lijk stijf. Daarna weer slap. Met ingevallen plekken in het gezicht. Doden hebben een andere kleur. En misschien had Els een verbrijzeld hoofd en was alles in elkaar gelegd, als een gebroken kopje waarvan men de scherven aan elkaar had willen lijmen.

Ik zag voor me hoe delen van haar hoofd met verband aan

elkaar vastgebonden waren omdat alles anders uit elkaar zou vallen.

'Je hoeft niet bang te zijn,' zei moeder. Ik greep haar hand.

'In het kamp heb ik vaak vreselijke dingen gezien. Als je dan dit ziet,' zei m'n moeder tegen niemand in het bijzonder, 'dan geeft dat een grote troost. En ik zou willen,' m'n moeder boog zich nu naar de moeder van Truusje, 'dat ik jullie nu troost kon geven.'

Het was heel belangrijk wat mamma zei, dat voelde ik wel. Ze hield mijn hand steviger vast dan anders.

'En ik wil dat jij dit ziet, Tjon. Je moet afscheid nemen van Els. Dat zal je later goed doen.'

Er zouden misschien allerlei maden over Els' hoofd heen kruipen. Ik zou misschien gedwongen worden ernaar te kijken. Moeder had dit al in het kamp meegemaakt. Ze was eraan gewend. En ik begreep dat zij dit mij wilde laten zien omdat ze natuurlijk straks zelf zou sterven. Ik moest er ook alvast aan wennen. Ik zou nu kunnen zien hoe zij straks in haar bed zou liggen.

Was Joost er maar. En pappa.

Truusje en haar moeder liepen naar boven. Truusjes vader was nergens te bekennen. Die zat natuurlijk in een apart kamertje te huilen. Mamma en ik liepen langzaam naar boven. Er was niets aan Truusje en haar moeder te zien; ook niet aan mijn moeder. Ik dacht: een bezoek aan een dode brengt misschien ongeluk. Maar wat voor ongeluk? Wat is het grootste ongeluk dat me zou kunnen overkomen? Dat is als mijn moeder sterft. Dat gebeurt al. Dus eigenlijk klopt het allemaal, alleen de volgorde is verkeerd.

De deur van de meisjeskamer ging open.

Ik keek over Elsje heen – meteen naar het raam waarachter ik de lucht zag en een deel van een tak van de boom die voor het huis stond, en ik probeerde, met open ogen, of ik me kon voorstellen hoe Els erbij lag, zonder dat ik naar haar keek.

Alsof ze sliep inderdaad, en al haar poppen en al haar beertjes en andere pluisbeesten lagen om haar heen. Ik keek strak naar het raam, maar kon niet vermijden iets van de contouren van Elsjes gezicht in mijn blikveld te zien. Ik wendde mijn hoofd af naar de andere muur. Daartegenaan stond een tafel waarop een brandende kaars op een schoteltje stond. Hij was bijna opgebrand.

Elsje had platen van paarden aan de muur. En ook een foto van Pipo de Clown. Met handtekening. Maar die kon erop gedrukt zijn. Ik had net zo'n soort foto van voetballer Pelé op mijn kamer. Zijn handtekening was er ook op gedrukt.

'Wat is Els mooi hè,' zei m'n moeder zacht.

Op het nachtkastje stonden verse bloemen in een waterglas. Daarnaast een kleine bijbel die ik herkende, want die had Truus een keer mee naar school genomen. De bijbel was opengeslagen. Hij had, herinnerde ik me, een geheim slot van echt goud, dat ik er makkelijk af zou kunnen krijgen.

Ik probeerde zo weinig mogelijk adem te halen. Maar dat lukte haast niet zonder geluid te maken. Ik hoestte een paar keer, maar daardoor moest ik juist grote happen lucht nemen. Ik rook niets speciaals, alleen de lucht van de kaars. Verder rook het eigenlijk naar zeep.

Moeder liet me opeens los en omhelsde de moeder van Truusje, die was gaan huilen.

Ik keek naar Truusje. Ze liep naar het hoofdeinde van het bed en bracht haar hoofd vlak bij haar zusje. Ze raakte Elsje zelfs aan! Niemand zei er iets van en ik staarde onmiddellijk strak naar de grond, maar zag toen onder de dekens de bolling waar de voetjes van Elsje moesten liggen. Dode voetjes. Vlak bij mij. Ik dwong mezelf toen even naar Els te kijken.

Ze had een bruine mond die tegelijkertijd ook bleek was, alsof er een korst van koek op haar lippen lag. Verder hadden haar wangen de kleur van de binnenkant van de schelpen die pappa en mamma uit Indië hadden meegenomen. Het was alsof haar ogen niet helemaal dicht waren.

Truus legde even haar gezicht tegen dat van Elsje en sloot ook haar ogen.

Nee, die handtekening van Pipo de Clown kon niet echt zijn. Dat wist ik zeker. Maar hij zag er wel echt uit. Rond de o van Pipo zaten allemaal streepjes, zodat het 't zonnetje was dat hij op zijn wang had geschilderd. Ik zou dat ook kunnen doen met mijn naam: Tjon – en van die o een zonnetje maken. Nee, dan zou iedereen zeggen dat ik een clown was. Je kon meer met die o doen: je kon er ogen en een mond in tekenen. Ik zou dat straks oefenen. Ik zou er ook een loop van een pistool of van een geweer van kunnen maken. Van de T de kolf.

'Zeg maar: "Dag Els", zei m'n moeder.

'Dag Els,' zei ik. Ik keek weer naar de door de dekens bedekte voetjes.

Mamma aaide me over m'n hoofd, en toen kwam de moeder van Truus en die aaide me ook over m'n hoofd, veel steviger dan m'n moeder.

De moeder van Truus snikte nog en wilde iets tegen me zeggen.

'Je... Tjon... Je... je... je moet goed... uitkijken... in het verkeer... hoor.'

'Ja mevrouw,' zei ik. Ik keek haar aan. Het was net alsof ze iets wilde gaan zingen.

M'n moeder sloeg toen een arm om me heen en nam me mee. We liepen de trap af. Ik moest daarna Truusje een hand geven en we gingen weg.

"Mam, als Pipo de Clown een handtekening zet, dan maakt hij een zonnetje van de o,' zei ik toen we op straat liepen.

Maar m'n moeder bleef stil.

Ja, ik zou dokter worden, misschien wel kinderarts.

Hoewel, dan moest ik de dood constateren en naar verkeersongelukken toe. Kinderen die uit elkaar lagen! Als dokter moest je voor je studie mensen doormidden zagen.

Maar ik zou ook jongens als Bert van de astma kunnen genezen. Dan zou hij naar mij toe komen en dankbaar zijn. Hij zou zeggen: 'Je bent een goede arts, Tjon. Hoe komt dat zo?'

'Het komt door mijn moeder, Bert. Zij heeft in de oorlog tegen de Japanners gevochten... in een kamp. Kamp betekent zowel gevecht als gevangenis. Na de oorlog was mijn moeder ernstig ziek. Ze had een ziekte in haar hoofd opgelopen, van het kamp. Zoals je weleens diarree kan hebben als je iets verkeerds hebt gegeten, zo kan je ook iets in je hoofd krijgen. Een soort beest. Dat gaat er nooit meer uit, ook niet als de oorlog is afgelopen. Dat blijft er altijd in. Nou, toen mijn moeder stierf, zat ik aan haar bed – je kon haar voeten die onder de dekens waren zien – en toen vroeg mijn moeder mij: "Tjon, ik ga nu sterven, maar wil jij dokter worden en mensen genezen?"

"Ja, moeder," zei ik toen.

Zo is het gekomen.'

9

Joost was thuis en zat op zijn kamer.

Ik probeerde zachtjes langs zijn kamer te lopen, maar hij zag me, want hij had de deur een beetje opengelaten.

'Els is dood,' zei ik toen maar.

'Weet ik,' zei Joost. Hij las een stripboek en bleef daarin lezen.

'Mamma en ik zijn naar Els gegaan... om te kijken,' zei ik.

'Dat is niet waar,' zei Joost. Hij bleef doorlezen.

'Dat is wel waar,' zei ik, 'vraag maar aan mamma.'

'Het is niet waar.'

'Het is wel waar. Hoe zou jij weten dat het niet waar is?'

'Omdat ik het aan mamma heb gevraagd,' zei Joost, 'en die zei... die zei dat jij niet durfde te kijken omdat je bang was, en dat je begon te huilen, heel hard en toen ben je, vertelde mamma, op je rug gaan liggen en gaan schoppen met je beentjes.'

'Dat is helemaal niet waar, je hebt mamma niet eens gezien!'

'Jawel, ze moest zelf erg lachen toen ze vertelde hoe kinderachtig jij was. Ze zei: "En bang dat-ie was, heel bang..." zei ze, "ja, want hij is ook nog zo'n kind."'

'Je liegt gewoon, vraag maar aan mamma.'

'Ik heb het al aan mamma gevraagd.'

'Niet waar, kan niet, we zijn net thuis.'

'Niet waar. Zie je, jij liegt altijd.'

'Ik lieg niet, we zijn net thuis. Net! Nog geen twee minuten geleden.'

'Niet waar, en als iets niet waar is, dan is er sprake van een leugen, en wat jij zegt is niet waar, dus jij liegt.'

'Jij liegt!' zei ik.

'Nee, dat kan niet, want ik spreek de waarheid. En als ik de waarheid spreek, dan lieg jij!'

Ik moest iets zeggen om Joost te treffen, maar ik wist niet wat.

'Ik was met mamma, dus ik lieg niet,' zei ik.

'Jij was niet met mamma, dus je liegt. Dat is één. Je bent niet naar Els geweest, dat is twee. Want je was een laffe poeperd. En drie: je liegt nu tegen mij. Vier leugens in totaal. En zelf ben je ook een leugen. Dat is vijf!'

'Als jij vanavond slaapt, dan snij ik je keel open,' zei ik.

Nu keek Joost me recht in m'n gezicht aan.

'Juist! Dát ga ik tegen mamma zeggen. Dat jij dat gezegd hebt! Ik schrijf het meteen even op.' Joost stond op en pakte met grote haast een pen van zijn bureau. Hij zei: 'Wat zei je ook alweer? Als Joost slaapt, snij ik zijn keel open en dat wil ik ook graag doen bij mamma, want ik haat haar. Ja, dat heb je gezegd.'

'Dat heb ik niet gezegd.'

'Dat heb je wel gezegd. Dat je mamma haat en haar keel wil afsnijden als ze slaapt. En mijn keel ook. Dat ga ik zeggen.'

'Dan lieg je.'

'O ja, wat ga je dan tegen mamma zeggen dat je gezegd hebt?'

'Dat ik...' Ik hield mijn mond, ik voelde dat ik in een val ging lopen, maar ik zag hem nog niet... Ik dacht na.

'Ik ga alles aan mamma vertellen wat jij tegen mij hebt gezegd,' zei ik, 'ik ga alles eerlijk zeggen.'

'O, dat moet je doen. Mamma zal je toch niet geloven. Dat heeft ze me zelf verteld. Ze weet dat jij een klein, laf leugenaartje bent. Een meisje eigenlijk. Was Elsje niet je vriendinnetje?'

Ik moest weg. Ik hield mijn mond dicht en beende weg naar mijn eigen kamer. Joost kwam me achterna.

'Tjon,' zei hij – z'n stem klonk opeens rustig en vriendelijk. Ik zei niets.

'Tjon,' zei hij nog een keer, 'ik weet dat het heel naar is dat Els is overleden... Heus, ik vind het ook naar...' Zijn stem klonk nu inderdaad aardig en ik keek hem aan.

'En als mamma zegt dat jij naar Els bent geweest, dan geloof ik dat...' Hij zweeg nu. Er ging nog wat komen, en toen zei hij: 'Maar wat ik wel heel erg vind... heel erg... is dat jij door je leugenachtige gedrag ook mamma tot een leugenaarster maakt. Natuurlijk zal mamma zeggen dat jij naar Els bent geweest, want ze wil geen ruzie tussen ons. Als wij ruzie maken, wordt mamma ziek. Dus zal ze zeggen dat zij en jij naar Els zijn geweest. Ze moet wel, omdat jij liegt. Dus zelfs als zij zou zeggen dat zij en jij naar Els zijn geweest, dan weet ik dat dat gelogen is. En dat ze liegt uit aardigheid, omdat ze geen ruzie tussen jou en mij wil.'

Ik beet op mijn lip, probeerde te lachen en haalde mijn schouders op.

'Dus als jij nu naar mamma gaat,' vervolgde Joost, 'om de zogenaamde waarheid te vertellen, dan weet je dat mamma zal liegen, en je weet dat je daarmee mamma ziek maakt, want dan weet ze dat wij ruzie hebben. En ze wordt ook ziek omdat ze moet liegen. Dus dan ben jij verantwoordelijk voor de ziekte van mamma. Zo is dat!'

Ik begreep Joost niet, het ging te snel, ik kon hem niet volgen, maar dat moest ik niet zeggen, anders zou hij mij er weer van beschuldigen dat ik dom was.

Hij draaide zich om, liep zijn kamer in en deed de deur dicht.

Ik moest dokter worden. Dat was het beste. Dan zou ik vergif kunnen maken. Dat zou ik Joost geven. Niet veel vergif, maar wel een klein beetje. Zodat hij ziek zou zijn. 'Ik kan je genezen, Joost... Dat kan ik.'

'Dat kan je niet,' zou hij zeggen.

'Jawel, dat kan ik wel. Wacht, ik maak even een drankje.'

Ik maak dan gekleurd water met suiker voor hem. 'Drink dit maar op. Dan genees je.'

En hij zou genezen, want ik zou hem geen gif meer geven. En hij zou moeten toegeven dat ik een goede dokter was.

Ik keek in mijn bureaulade en zag dat ik daar nog een sigaret verborgen had.

Die wilde ik nu wel oproken.

Ik zou bij het open raam kunnen roken, niemand zou iets ruiken en niemand zou iets merken. Ook Joost niet. Ik moest alleen daarna goed mijn handen en gezicht wassen en mijn tanden poetsen.

Ik stak de sigaret aan.

'Ik ga grote dingen doen, Els,' zei ik zachtjes.

Ik rookte de sigaret voor de helft op. Daarna waste ik mijn handen en poetste ik mijn tanden. Maar mijn handen bleven ruiken naar de kamer van Els.

Daarna pakte ik mijn schrift en oefende een nieuwe handtekening. Er was er niet één die mij beviel.

Ik schreef mijn naam op en daarachter meteen de naam van Els. 'Tjonels', toen: 'Elstjon'. Ik streepte de naam van Els door, daarna mijn eigen naam.

10

In de kerk werd nog eens het schoollied geoefend dat we zouden zingen. Meester Vesseur dirigeerde. Als dirigeerstokje hield hij een nieuw potlood in zijn rechterhand.

'Ja, jongelui, jullie moeten even naar mij luisteren,' zei hij nadat hij had afgetikt. 'Het is natuurlijk een vrolijk lied, ons schoollied, maar nu is het niet vrolijk bedoeld. Dus de regel "En juichen nu met heel ons hart", zingen we niet, zoals ik heb gezegd. Dan houden we gewoon ons mond. En ook de regel in het tweede couplet "Carpe diem is ons motto, voort nu met een fris gemoed", zingen we niet. Kom, we oefenen het nóg een keer.'

Maar weer werden de ontbrekende regels door enkelen onder ons gezongen.

'Nou,' zei Vesseur na twee keer oefenen, 'zing het maar wel, maar zachtjes, zachtjes. Jullie moeten mij beloven dat jullie het zachtjes doen.'

Meester Frans kwam nu de kerk binnen. Hij fluisterde verstaanbaar met meester Vesseur.

'Het kerkkoor zingt "In paradisum deducant te angeli", maar er is een verzoek van de familie of de leerlingen dan het Wilhelmus willen zingen.'

'Het Wilhelmus? Mag dat wel?' vroeg meester Vesseur. 'Mag dat wel van de kerk?'

'Ja, ik heb het gevraagd en het mag. De organist zal begeleiden. Maar dat moet nog wel even geoefend worden.'

'Waarom het Wilhelmus?'

'Dat wil de familie, dat zei z'n moeder,' zei meester Frans.

Vesseur en meester Frans keken elkaar aan en haalden bijna tegelijkertijd hun schouders op.

'En waar zit de organist nu?' vroeg Vesseur.

'Ik zit hier!' hoorden we opeens vanboven.

'Dat lijkt God zelf wel,' zei Geert Veen uit de parallelklas. Het hele koor lachte.

'En dit wil ik dus helemaal niet hebben!' schreeuwde meester Vesseur kwaad. 'Er wordt nu absoluut niet gepraat en zeker niet gelachen.'

Meester Frans deelde een stencil uit met twee coupletten van het volkslied.

'Wie van jullie kent het Wilhelmus niet?'

Noes Pattepelohi, een jongen uit Indië, stak zijn vinger op. Met een zwaar accent zei hij: 'Ik weet niet wie Wilhelmus is, meester.'

Er werd weer onderdrukt gegiecheld, maar een boze blik van Vesseur was genoeg om iedereen angstig te doen zwijgen.

'Je kent het Nederlandse volkslied toch wel, Noes?' vroeg meester Vesseur.

'Ik ken het Nederlandse volkslied wel, mijnheer Vesseur.'

'Zing dan eens de eerste regel, Noes?'

Noes durfde niet. 'Toe maar, Noes,' zei meester Vesseur.

Noes keek naar zijn schoenen en zong toen zeer vals en weer met dat dikke Indische accent van hem: 'Wintentas han Annouwe pennik han duister bloed.'

Friso, achter me, fluisterde: 'Lijkt wel apetaal.' We konden ons lachen bijna niet houden. Meester Frans hield ons nu ook in de gaten. Ik had medelijden met Noes. Ik was de enige van mijn familie die niet uit Indië kwam, maar vader, moeder en Joost kwamen daarvandaan, net als Noes. Ik zag de tranen in de ogen van Noes, hoewel hij geen straf had gekregen en meester Vesseur zelfs had gezegd: 'Best goed, Noes, zing maar gewoon mee', maar Noes voelde wel aan dat hij iets anders deed dan wij.

Ik probeerde mijn tranen terug te dringen, hoewel ik ook moest lachen.

'Eigenlijk moet hij gestraft worden,' siste ik tussen mijn tanden tegen Thomas.

'Waarom?' vroeg die.

'Omdat hij ons volkslied niet kent. En hij kent onze taal niet goed.'

'Wat maakt dat nou uit?'

'We moeten hem in elkaar slaan en gevangen nemen,' zei ik.

'Maar hij kan heel goed voetballen,' zei Thomas.

'Stil daar!' zei meester Frans.

Ik zou, als niemand het zag, aan Noes kunnen vragen of hij bij me wilde spelen. Hoewel, liever niet bij mij thuis. Want misschien zou mijn moeder net sterven als hij op bezoek was. Ik zou tegen hem kunnen zeggen dat we voetballen in het Vondelpark en dan zou ik met hem in een team kunnen spelen. We zouden vrienden kunnen worden. Maar nee, toch maar niet. Ik wou hem niet als vriend, ik zou niet weten wat ik dan zou moeten doen. Het zou eigenlijk het beste zijn als hij ziek werd, dan kon ik hem bezoeken. Dan zouden we bij hem thuis spelletjes kunnen doen. Ik zou dan een medaille voor hem kunnen maken...

'Als hij iets doet wat me niet bevalt, dan sla ik hem in elkaar,' fluisterde ik zacht tegen Thomas.

'Hij lijkt me erg sterk,' zei Thomas.

We oefenden het Wilhelmus – ik kende de woorden ook niet – en het klonk zeer mooi met het orgel. Ik wist steeds net op tijd de tranen uit mijn ogen te vegen.

Er kwam een ander koor de kerk in, allemaal dames in het zwart.

Ze stonden net klaar toen opeens, zonder waarschuwing, de kist van meester Braks de kerk in werd gereden.

We keken er allemaal naar. Zelfs meester Vesseur voelde zich onwennig; hij wilde weglopen, maar wist niet waarheen. Ten slotte stelde hij zich tussen ons in op. Zonder een teken begon het orgel te spelen en het kerkkoor te zingen. We werden omringd door het geluid, en ik durfde er niet goed naar te luisteren omdat ik weer tranen in mijn ogen kreeg. Daarna werden er bloemen binnengebracht en naast de kist geplaatst. Er viel een lint op de grond dat we gedeeltelijk konden lezen: 'Van de jongens in Bergen Bel...'

Behalve wij en het koor was er nog niemand in de kerk.

Meester Frans en meester Vesseur verroerden zich niet. Op een gegeven moment zei meester Frans: 'We zullen wel horen wanneer we moeten beginnen.'

'De familie moet nog komen,' zei meester Vesseur.

'Ja, en de vrienden en kennissen.'

'Die wachten misschien voor de kerk.'

'Waarop dan?'

'Dat weet ik niet. Misschien zijn de deuren niet open. Ik kan toch moeilijk gaan kijken of de deuren open zijn,' zei meester Vesseur.

Erik van der Ven stak zijn vinger op en zei: 'Ik moet een plasje doen, meester Vesseur.'

'Ga maar snel naar de wc.'

'Ja, maar ik weet niet waar de wc is, meester.'

'Achter de kerk, dat kleine zijdeurtje door en dan daar in dat gangetje.'

'Ik durf niet langs de kist, meester Vesseur.'

Meester Frans liep naar Erik toe, nam hem bij de hand en liep met hem mee. 'Kijk maar naar de grond als je langs de kist loopt,' zei meester Frans.

Ik voelde ook opeens een heftige aandrang.

Zou ik wel langs de kist durven lopen?

'Ik heb Els gezien toen ze dood was,' fluisterde ik tegen Thomas.

'O ja? Hoe zag ze eruit?'

'Er is een auto over haar heen gereden. Over haar gezicht. Dus haar gezicht was helemaal...'

'Ssst,' zei meester Vesseur – hij keek boos achterom.

Ik ging door met fluisteren: 'Dus haar gezicht was eigenlijk min of meer helemaal kapot...' Ik lette scherp op Thomas' gezicht, er was niets aan te zien. Ik ging door: 'Heb je weleens gezien dat er een auto over een appel of een sinaasappel reed? Nou, zo zag dat hoofd eruit!'

'Echt?'

Ja, nu schrok Thomas.

'Het was natuurlijk wel opgeruimd en schoongemaakt en zo, en je zag geen bloed, maar het was een hoofd... met een deuk erin.'

Meester Vesseur draaide zich weer om.

Thomas werd niet misselijk, hij moest ook niet plassen, terwijl ik op barsten stond.

'Maar... er kropen... uit haar hoofd... geen wormen... het vlees was nog niet bedorven...' zei ik.

Ik maakte me vrij uit de rij, keek niet naar meester Vesseur, rende snel langs de kist en ging een plas doen. Het ging maar net goed. Wel plaste ik over de pot heen.

Toen ik terugkeerde was de kerk halfvol. Het orgel was begonnen te spelen. Ik moest alleen langs de kist via het middenpad terug en langs de kist naar het koor.

Opeens zag ik het: de kist was open!

Ik kon het gezicht van meester Braks zien. Hij had een roze overhemd aan met een boord die tegen zijn kin aan kwam. Hoe moest ik verder lopen? Mocht ik wel langs de kist? Ik wilde weer plassen, maar ik kon ook niet achteruit.

Meester Frans zag me.

Hij liep me tegemoet. 'Kom maar,' zei hij.

Samen liepen we langs de kist. Meester Frans bleef vlak naast me lopen, en ik keek niet. Wel zwaaide ik per ongeluk naar meester Vesseur bij wijze van groet toen ik langs hem liep, en op het moment dat ik dat deed, begreep ik dat dat ongepast was.

Toen ik terug in het koor was, rook ik aan mijn handen. Ik durfde de zeeplucht niet goed op te snuiven.

Na de dienst – de kist was de kerk uitgedragen nadat wij het schoollied en het Wilhelmus hadden gezongen – wachtten buiten onze ouders op ons.

Ik liep naast Noes Pattepelohi de kerk uit.

'Hallo, ik ben Tjon,' zei ik zo vriendelijk mogelijk. Noes keek schichtig voor zich uit, ik zag dat hij bang was.

'Er zijn jongens, dat weet ik, die jou niet aardig vinden...' Ik keek naar hem, maar hij zei niets.

'Die jongens, daar moet je niet bang voor zijn. Die willen je in elkaar slaan. Ja, dat willen ze! En ze willen je eigenlijk in een kamp stoppen. In een jappenkamp, waar je gemarteld wordt. Weet je wat dat is, een jappenkamp?'

Noes knikte en haalde tegelijkertijd zijn schouders op.

'Dat is een kamp waar het verschrikkelijk is. Maar je moet voor die jongens niet bang zijn. Ik bescherm je wel. Tegen mij durven ze niets te doen.'

Waarom zei hij nu niets terug? Ik kon toch niet weer dreigen met die jongens?

'Je hoeft voor mij niet bang te zijn,' zei ik, 'wij kunnen vrienden worden. Mijn ouders komen ook uit Indië. Allebei mijn ouders hebben in een jappenkamp gezeten. Mijn ouders spreken... Maleis...'

Bij het woord 'Maleis' keek Noes me even aan. Ik lachte naar hem.

'En ik kan medailles maken, voor ons alleen. Voor jou en mij. Medailles, echte medailles, die niemand anders heeft. En we kunnen misschien samen spelen. Ik heb hele mooie boeken... Die kan ik meenemen, als ik bijvoorbeeld bij jou kom spelen. Ik heb ook een microscoop, en ik heb dingen van de oorlog. Ik heb een echte Duitse helm, en ik heb stripboeken. Die mag jij ook lezen. En ik heb... maar dat is geheim... ik heb sigaretten. Je moet roken! En je moet inhaleren! Ik heb ze. We kunnen delen.'

Opeens knikte Noes.

Ik zag mijn moeder. Ik liep naar haar toe. Noes groette me even. Ik salueerde terug.

Ik wilde nooit meer iets met hem te maken hebben.

'Ik zag je in de kerk,' zei moeder, 'je moest een plas doen, hè?'

Ik wilde dat ze het niet had gezien.

'Jullie hebben je allemaal goed gedragen,' zei ze.

'En jij?' vroeg ik.

'En ik? Wat bedoel je?'

Ik had iets doms gezegd. Ik weet ook niet waarom ik 'En jij?' had gevraagd. Ik wilde eigenlijk weten of mijn moeder bang was geweest, of ze gehuild had, en wat ze toen had gedacht. Maar het was het beste om te zwijgen.

'Morgen is de begrafenis van Elsje, maar daar ga ik wel alleen heen. Daar hoef jij niet naartoe,' zei ze.

'Ik wil best mee,' zei ik. En ik wilde zeggen: 'Om je hand vast te houden.'

In plaats daarvan reageerde moeder weer verbaasd.

'Wat is er toch... Vind je begrafenissen soms leuk?'

Ik begon te huilen, en ik wist eigenlijk niet waarom.

'Nou, het is misschien allemaal te veel voor je,' zei moeder.

We liepen naar huis. Vlak bij onze straat zagen we Daafje en zijn moeder.

'Vind je Daaf aardig?' vroeg mijn moeder.

Ik haalde mijn schouders op. Ik wist dat hij bij ons in de buurt woonde, maar hij zat in de parallelklas. Ik zag hem niet zo vaak. We waren weleens een keer samen naar school gelopen, toen had hij zijn aardrijkskundeles opgezegd. Hij kende alle steden van Noord- en Zuid-Holland uit zijn hoofd.

'Misschien moeten jij en Daaf maar eens samen spelen,' zei moeder, 'vind je dat leuk?'

'Als jij dat wil.'

'Wil jij het?'

'Misschien wel.'

11

Daafje en ik zaten in mijn kamer tegenover elkaar. Hij las een stripboek.

'Ik mag van mijn ouders geen stripboeken lezen,' had hij gezegd.

Ik keek naar hem. Hij was kleiner dan ik; hij droeg een brilletje waarvan het linkerglas mat was gemaakt; af en toe haalde hij zijn neus op. Hij had hetzelfde korte haar als ik.

'Ik vind deze Kuifje de beste,' zei ik en ik wees naar zijn stripboek, 'en ik heb ze allemaal. Ik heb alle Kuifjes.'

Hij zei niets terug, omdat hij geconcentreerd aan het lezen was. Ik durfde niet veel te zeggen.

'We kunnen straks samen iets doen,' zei ik. Ik fluisterde bijna.

Weer reageerde hij niet.

'Iets wat jij leuk vindt,' zei ik. 'Ik hoef het minder leuk te vinden. Dat is niet erg. Als jij het maar leuk vindt. Vind je dat leuk?'

Daafje keek even op en antwoordde: 'Eerst even dit uitlezen.'

'Ja, natuurlijk.'

Ik pakte ook een Kuifje en sloeg het boek zomaar ergens op. Daafje las met zijn vinger bij de regels, en af en toe zei hij zachtjes: 'Aha!' en hij knikte dan. Waarom zou hij steeds 'Aha!' zeggen? Het klonk alsof hij iets snapte wat voor mij verborgen was gebleven.

Toen hij zijn stripboek uit had, ging hij achterover zitten.
'Ik weet wat we kunnen spelen,' zei ik.
'Wat dan?'
'We kunnen jappenkamp spelen.'
'Jappenkamp... waarom?'
'Omdat... omdat het spannend is.'
'Mijn oma en opa en mijn andere opa en oma zijn omgekomen in een kamp. In een Duits kamp,' zei Daafje.
'Mijn vader en moeder zaten in een jappenkamp en zijn daar gemarteld.'
'Mijn grootouders zijn omgekomen. En de broer van mijn vader en ook de broer van mijn moeder en diens vrouw.' Daafje zei 'diens', dat moest ik ook eens zeggen.
'Mijn ouders hebben vier jaar in een kamp gezeten, en zijn dus vier jaar gemarteld,' zei ik.
'Mijn opa's en oma's zijn naar de gaskamers gebracht.'
'Mijn ouders zijn ook naar de gaskamers gebracht,' zei ik.
'Dat kan niet, want je had alleen gaskamers in Duitsland.'
Ik voelde me betrapt. Ik wist niet wat gaskamers waren en ik wilde het ook niet aan Daafje vragen. Ik had van Joost weleens gehoord dat de Duitsers het met gas deden, ik dacht dat dat gasbommen waren.

'Nou, maar mijn ouders zijn dus gemarteld,' zei ik, 'en diens ouders ook. En jouw ouders?'
'Die zaten ondergedoken.'
Ik twijfelde. Zou ik zeggen dat ondergedoken zijn minder erg was dan gemarteld worden? Ik wist het niet. Op school hadden we veel gehoord over onderduikers. Meester Braks was ook ondergedoken geweest. En die was toen ontdekt door de Duitsers. Dat moest heel erg geweest zijn. Over de Japanse kampen hadden we nog geen les gehad. Ondergedoken zijn was misschien wel erger.
'Als jij dat wilt... als jij dat wilt, kunnen we dat misschien spelen... onderduiker... dat is misschien wel leuk,' zei ik.
'Nee, dat is niet leuk, 'zei Daaf. Z'n stem klonk wijs. 'Onderduiken is helemaal niet leuk. Dat vonden mijn ouders niet leuk.'

'Gemarteld worden door Japanners is ook niet leuk,' zei ik, 'maar we kunnen bijvoorbeeld spelen dat wij de bevrijders zijn.'

'Canadezen, bedoel je?'

'Ja, Engelsen.'

'Maar we zijn bevrijd door de Canadezen.'

Ik moest het op een ander onderwerp gooien. 'We kunnen bijvoorbeeld medailles maken. Ik kan medailles maken.'

'Wat voor medailles?'

'Medailles voor de mensen die dat hebben verdiend. Voor Canadezen,' zei ik.

'Omdat ze het brood uit de hemel hebben laten komen,' zei Daafje, 'met vliegtuigen.'

'Ja,' zei ik – ik wist niet waar hij het over had, 'ja, dat is leuk, dan haal ik brood van boven en dan zijn we vliegtuig en dan gooi ik brood uit.'

Ik keek naar Daafs ogen. Waarom was hij nu opeens weer stil? Hij haalde zijn schouders op en zei: 'Wat gaan we nu eigenlijk doen? Vliegtuig zijn of medailles maken?'

'Wat jij wil.'

'Ik vind medailles maken stom.'

'Dan doen we dat niet. Zullen we vliegtuig spelen?'

'Dat vind ik kinderachtig.'

'Ja, dat vind ik ook kinderachtig,' zei ik. Ik voelde het zweet van m'n slapen in m'n nek lopen.

'Ik wil... nog een Kuifje lezen,' zei Daafje.

'Is goed. Is goed,' zei ik.

Ik had iets verkeerds gedaan. Hij wilde niet met me spelen. Ik had waarschijnlijk iets verkeerds gezegd. Ik gaf hem een Kuifje.

'Je mag wel een Kuifje van me hebben,' zei ik.

'Nee, ik mag geen stripboeken lezen van mijn ouders.'

'Dit is mijn mooiste Kuifje. *De krab met de gulden scharen*, dat is echt de mooiste. Die ken ik uit mijn hoofd. Die mag jij hebben.'

'Nee, ik wil hem niet.'

'Was dat omdat ze ondergedoken zijn geweest dat jij geen strips mag lezen?' vroeg ik.

'Nee, dat heeft er niets mee te maken. Mijn moeder vindt het vervuiling voor de geest.'

'Wat bedoelt ze daarmee?' vroeg ik.

'Het is niet goed voor je om ze te lezen, denk ik,' zei Daaf.

Ik knikte begrijpend. 'Omdat het over oorlog gaat, natuurlijk, omdat het over oorlog gaat. Het gaat vaak over mensen die oorlog voeren. Over misdadigers en zo.'

'Ik denk het ook,' zei Daafje. Ik voelde trots.

'Het gaat altijd over oorlog, die stripboeken,' herhaalde ik, 'over oorlog. Kuifje voert vaak oorlog. En dan moet hij onderduiken. Ja, dat is niet leuk om te lezen. Dat is niet leuk.'

'Nee, dat denk ik ook niet,' zei Daafje.

Hij ging verder in zijn boek.

Ik kon een sigaret gaan roken. Maar dat mocht Daafje natuurlijk helemaal niet. Waarom praatte hij niet met mij? Was Joost er maar. Joost kon misschien dingen tegen Daafje zeggen waardoor hij mij leuker zou vinden.

Even keek Daaf me aan.

'Ik krijg binnenkort een boek over gaskamers,' zei ik.

Hij leek zeer verbaasd. Ik moest vooral gewoon blijven kijken.

'Ja,' zei ik, 'ik weet niet hoe het heet, maar het gaat over gaskamers.'

'Mag jij dat bekijken, zo'n boek. Mag dat van je ouders?' Zijn stem klonk zeer verwonderd.

'Nee,' zei ik, 'maar mijn broer, die gaat vaak naar de bibliotheek. En daar hebben ze een boek over gaskamers. En dat neemt hij voor mij mee.'

'Dat geloof ik niet. Zulke boeken bestaan niet,' zei Daaf.

'Toch wel. Met plaatjes. Foto's van die gaskamers.'

'Wat staat er dan op die foto's?'

Ik moest doorzetten. Ik moest de leugen doorzetten.

'Dat weet ik niet. Joost neemt het boek voor me mee.'

'Dat zal dan wel een boek zijn waarin alleen maar lijken

staan. Dat hebben mijn ouders verteld. Ik mag het eigenlijk niet doorvertellen,' zei Daafje, 'maar er zijn zes miljoen van ons vermoord. En ze stapelden de lijken op. Maar je mag dit niet verder vertellen. Ik geloof dat het geheim is.'

'Hebben ze er zes miljoen van ons vermoord?'

'Ja, van ons joden.'

Ik wist niets meer te vertellen. Waarom vertelden mijn vader en moeder die dingen niet? Ik keek uit het raam.

'Ze hebben zowel mijn vader als moeder gemarteld,' zei ik zacht.

'Ja, dat heb je al verteld,' zei Daaf.

Ik wilde vertellen dat die martelingen de reden waren dat mijn moeder binnenkort ging sterven. Maar de opa en oma van Daaf waren door gaskamers gedood.

Ik vroeg me af hoe ik erachter kon komen wat gaskamers precies waren. Kamers van gas. Hoe moest je je dat voorstellen? Mamma had gezegd dat martelen het ergste was wat je kon overkomen. En die gaskamers dan? Daar ging je in dood! Ze nodigden natuurlijk mensen uit in een gezellige kamer. Er waren in dat kamp huiskamers. Met oudere mensen. Die zaten bij de kachel of speelden kaart aan tafel. Anderen luisterden naar de radio. Er waren hoorspelen op de radio. En opeens kwam er gas in die kamer. De mensen renden naar de deur, maar de deur zat dicht. Ze probeerden een raam open te doen, maar de ramen waren dichtgespijkerd. Je kon er niet uit. Uit de radio kwam dan een stem van een Duitser, misschien wel van Hitler zelf: 'Jullie gaan nu allemaal dood! Ja, jullie gaan nu allemaal dood. Het is gebeurd. Jullie gaan dood!'

Daaf las door. Hij las nog meer Kuifjes in een snel tempo. Daarna ging hij zijn huiswerk leren.

Ik ging de Kuifjes lezen die Daaf had gelezen. Waarom had hij steeds 'aha' gezegd?

12

'Joost, ik weet iets bijzonders,' zei ik toen ik langs zijn kamer liep.

Hij lag op bed een boek te lezen. Op het omslag stond een vliegtuig dat in brand stond.

'Wat dan?'

'Het is iets heel bijzonders,' zei ik.

'Vertel dan.'

'Een methode om te vermoorden.'

'Welke dan?' Nu keek hij op. Ik probeerde te lachen toen ik zijn geïrriteerde gezicht zag.

'Het is iets wat ik van Daafje heb gehoord.'

'Daafje braafje,' zei Joost en keek weer in zijn boek.

Ik lachte. 'Daafje braafje... die is leuk,' zei ik.

'Daafje braafje wordt mijn slaafje,' rijmde mijn broer.

Weer lachte ik. 'Ja, die is ook leuk.'

'Wat was er met slaafje Daafje braafje?'

Ik liep naar het bed van Joost toe en zei fluisterend: 'Zijn opa en oma en een heleboel familieleden van hem zijn door Duitse gaskamers gedood.'

Joost haalde zijn schouders op.

'Duitse gaskamers,' herhaalde ik. Joost sloeg een bladzij van zijn boek om.

'In een kamp hadden ze kamers en daar werden die opa en oma in gestopt. Ze hadden niks door. Ze dachten misschien wel dat het een gezellige kamer was, en toen deden die Duitsers alle deuren en ramen dicht en spoten ze gas naar binnen, en toen zeiden ze door de radio: "Nu gaan jullie eraan! Nu gaan jullie kapot!"'

'Hoe kom je daar nou bij?' vroeg Joost.

'Dat zei Daafje.'

'Is onzin,' zei Joost.

'Nee, het is echt waar. Echt waar!'

'Zo werkten de gaskamers niet!'

'O nee? Hoe dan?'

'Ze zeiden tegen de mensen dat ze moesten douchen. Die mensen kleedden zich uit. Dus stalen al die Duitsers de kleren. Die mensen waren bloot. Toen zeiden die Duitsers: "Nu moeten jullie douchen." Ze werden gedreigd met geweren. Die mensen gingen douchen. Maar uit die douches kwam geen water, maar gas. Zo is dat!'

'Aha,' zei ik.

'Daafje weet er niets van. En later, toen die mensen dood waren, haalden ze het goud uit hun kiezen.'

'Z'n opa en oma zijn zo omgekomen.'

'Dat zal best. En van de huid van die mensen maakten ze zeep en lampenkappen.'

'Maar die opa en oma werden niet gemarteld, zoals pappa en mamma,' zei ik – ik werd misselijk, maar wilde dat niet laten blijken. Als Joost maar niet verder ging vertellen over die lijken, over die lampenkappen en die zeep.

'Nee, die werden niet gemarteld,' zei Joost.

'Maar de mensen gingen wel dood,' zei ik.

'Ja, ze gingen wel dood... Verdomme, je zeurt! Je moet nu ophouden met zeuren! Ik wil lezen!'

'Aha,' zei ik. Ik probeerde te kijken hoe het boek heette dat Joost las, maar ik kon het niet zien.

'Waarom hadden de Japanse kampen geen gaskamers?' vroeg ik toen.

Joost haalde zijn schouders op.

'Dat moet je aan mamma of pappa vragen.'

'Aha.'

Het was opmerkelijk dat ik nog in zijn kamer mocht blijven. Hij had veel platen van vliegtuigen aan de muur hangen. Ook een plaat van een Amerikaanse piloot. Zo één wilde ik er ook.

'Weet jij... ook... wanneer mamma doodgaat?' vroeg ik.

Joost legde nu zijn boek neer en keek mij aan. Hij lachte zonder geluid te maken. Daarna keek hij mij streng aan. Maar niet lang. Hij keek weg toen hij zei: 'Mamma gaat nog niet dood. Niet door een ziekte. Als ze per ongeluk een ongeluk krijgt, ja, dan kan ze dood gaan, maar ze gaat niet dood door ziekte, zoals ik je verteld had.'

'O nee?' Ik was heel blij.

'Jij gelooft ook alles. Jij bent een domme lul,' zei Joost, 'ik dacht toen ik vertelde over mamma: hij gelooft het nooit. Maar jij trapt in alles. Ik zag hoe bang je was. Je bent een bange poeperd en je gelooft alles.'

'Dat is niet waar! Ik geloofde je meteen al niet.'

'Wel waar. Je gelooft alles. Meisje! Meisjes geloven alles.'

'Dat is niet waar. Jij geloofde het zelf ook!'

'Ik? Ik verzon maar wat. Jij gelooft alles. Als ik zeg dat er ruimtewezens bestaan, dan geloof jij dat ook.'

'Niet waar.'

'Jawel... lief zusje van me... jij gelooft alles.'

'Niet waar. Dat van die gaskamers geloof ik ook niet.'

'Maar dat is lekker wel waar.'

'Niet waar!'

'Wel waar! Ga maar aan mamma vragen.'

'Nee,' zei ik, 'ik hoef het niet aan mamma te vragen. Ik weet zo wel dat het niet waar is.'

'Het is wel waar. En weet je wat jij moet doen? Jij moet maar eens onder de douche gaan staan om je te wassen.'

'Dat doe ik niet!'

'Vanavond wel. Dan moet jij van mamma en pappa onder de douche. En dan ga ik dingen doen in de keuken en ik zeg niets...'

'Dat doe je niet!'
'Wél. Let maar eens op. Jij gaat vanavond voordat je naar bed gaat douchen. En dan ben ik er niet. Nee, want ik ben in de keuken, en daar doe ik iets... Dat zal je wel merken... Iets met het gas... hi hi hi.'

Joost probeerde gemeen te lachen.

'O ja, dat ga ik dan vertellen aan mamma.'

'Die zal jou toch niet geloven.'

'Jawel.'

'Dus jij gaat aan mamma vertellen dat ik gas door de douche ga laten lopen!'

'Ja, dat ga ik vertellen!'

'En je zei daarnet zelf dat je me niet geloofde!' zei Joost triomfantelijk. 'Je zei zelf dat je me niet geloofde. Als je me niet gelooft, hoef je ook nergens bang voor te zijn. Maar je gelooft me wel. Zie je wel dat je alles gelooft. Hi hi. Tjonnie gelooft alles!'

'Niet waar, en ik ga gas in jouw kamer doen,' zei ik terwijl ik zijn kamer uit liep.

'Dat doe je niet, want je gelooft me niet.'

Joost kwam me achterna en zei: 'Maar wat ik zei over die gaskamers was waar. En wat ik zei over mamma ook.'

'Dat lieg je,' zei ik.

Joost begon nu te lachen.

'Wat een kluns ben je ook! Wat een sufferd! Ga het dan vragen aan mamma! En als ik gelijk heb, krijg ik honderd gulden van je. Goed?'

'Nee.'

'Waarom durf je niet te wedden?' vroeg Joost.

'Ik wed niet met gekken,' zei ik.

'Als ik ongelijk heb, krijg jij honderd gulden van mij,' zei Joost.

'Ik wed niet... En nu jij honderd gulden wil verwedden, weet ik dat het waar is.'

'Hi hi hi, wat een kluns ben je ook. Wat een lul,' zei Joost. 'Je kunt hem ook alles wijsmaken.'

Ik liep weg.
Ik geloofde niet dat hij gelogen had over mamma. Maar ik wist het niet zeker.

13

Het was de laatste schooldag op de lagere school.

Al een paar weken geleden had meester Frans de klas verdeeld in vijf groepen en iedere groep kreeg de opdracht een toneelstuk of iets anders te verzinnen dat met onze toekomst te maken zou hebben. Dat zou dan op de allerlaatste schooldag uitgevoerd worden.

'Ik weet iets,' zei ik toen we er op een middag over mochten nadenken.

'Wat dan?'

'We kunnen spelen dat we ruimtewezens zijn en dat we op aarde komen. En als we op aarde zijn, dan spelen we dat er goede en kwade mensen zijn. Die goeden zijn wij en de kwaden de Japanners. En dan zeggen we: "We gaan jullie allemaal in gaskamers stoppen en martelen en gewoon in mekaar slaan!" En dan is er een held – die hoef ik niet te spelen, maar ik kan dat wel erg goed, want ik heb het ook bedacht – maar die held dan, die krijgt een medaille, omdat hij iedereen heeft geholpen, omdat hij een held is. Ik geloof dat ik dat wel goed kan spelen. Ik krijg heel vaak toneelles van... een oom van mij.'

Truusje vroeg of ik nog een keer wilde uitleggen hoe ik het toneelstuk zag.

'Nou gewoon, we spelen eerst ruimtewezens, en dan spelen sommigen van jullie Japanners en we maken decors van gaskamers. Dat is met douches en zo. Daar bestaan plaatjes van. Dat geloof ik tenminste... dat zegt Daafje, maar die weet ook niet alles. Die verzint van alles. Maar d'r moeten ook jappen in ons toneelstuk, nou, en dan ben ik de held...'

'En ik dan?' vroeg Truusje.

'Nou, jij bent bijvoorbeeld verpleegster,' zei ik.

'Ik vind het een plan van niks,' zei Gerard, 'het is helemaal niet om te lachen.'

'Ik kan er een paar moppen bij vertellen,' zei ik.

'Welke dan?'

Ik dacht na: ik kende eigenlijk geen moppen.

'We kunnen ook zelf moppen bedenken, dat is misschien nog leuker,' zei ik.

Dat idee stond Gerard meer aan. 'Maar ik vind jouw idee kinderachtig,' zei hij. Ik wilde mijn toneelstuk niet opgeven. Ik wist wel niet hoe het precies moest, maar mamma zou me wel helpen.

'We moeten om onze ouders te eren, om de onderwijzers te eren, om meester Braks te eren en ook om de kinderen die dood zijn te eren (ik durfde niet naar Truusje te kijken), om alle ouderen te eren, moeten we het over de oorlog hebben. We moeten een toneelstuk maken over de oorlog. Over martelen en gaskamers. Met moppen ertussen. Het mag best leuk zijn, maar er moeten ook medailles uitgereikt worden, en die kan ik wel ma...'

'Nee, we moeten iets vrolijks doen,' zei Truusje, 'een volksdans of zo.'

'Nee, het is echt goed als we het over de oorlog hebben,' zei ik, 'dat is mooi. We moeten de mensen namelijk ook iets leren.'

'Wat dan?'

'Nou, we gaan volgend jaar naar de middelbare school. We moeten ze leren over de oorlog.'

'Wat dan?'

'Dat oorlog... wat er is gebeurd, met de mensen, mijn ouders zijn gemarteld. Dat moeten we laten zien.'

'Onzin,' zei Truusje, 'en ik vind het ook allemaal kinderachtig.'

'We moeten een toneelstuk maken,' zei Gerard, 'maar een gewoon toneelstuk. Over sport. Over voetbal. We moeten een toneelstuk maken waarin de jongens voetballers zijn en willen voetballen, en de meisjes zijn dan onze moeders en die willen eigenlijk niet dat we gaan voetballen.'

Iedereen vond dat een heel goed idee, behalve ik. Maar ik begreep dat ik er niets tegen zou kunnen inbrengen.

Truusje – die bij het idee van Gerard zachtjes in haar handen had geklapt – keek naar hem, en ik dacht aan haar dode zusje. Opeens herinnerde ik me Elsje heel sterk, ik hoorde haar praten. Hoe ze me soms riep. En ik zag haar in haar bed liggen – met haar voetjes.

'Is die... die handtekening van Pipo de Clown... is die echt?' vroeg ik aan Truus.

'Waar heb je het over?' vroeg ze.

Ik durfde het niet te vragen. Ik zei dus maar: 'Ik heb een echte handtekening van Pipo de Clown.'

'Jezus, wat kinderachtig,' zei Truusje.

'Ja, dat is wel heel kinderachtig,' zei Gerard.

Het was inderdaad kinderachtig. Ik had het ook niet willen zeggen.

'Ik bedoel ook,' zei ik, 'dat ik Pipo de Clown persoonlijk ken, althans de man die hem speelt. Dat is een oom, eigenlijk geen echte oom, maar een vriend van mijn vader... Een vriend.'

'Hoe heet-ie dan?' vroeg Gerard.

'Het is een vriend van mijn vader. Mijn vader heeft hem in de oorlog ontmoet. Ze zaten beiden in het kamp. En die man, die speelde toen ook Pipo, en hij is nu heel beroemd. En omdat hij Pipo heeft gespeeld in het kamp, speelt hij hem nu op de televisie.'

'We moeten een echte voetbal hebben,' zei Truusje opeens, 'en ik heb een echt theeservies, dat kunnen we ook gebruiken.'

'En nu gaan die oom en ik naar de televisiestudio's... Daar gaat hij me alles laten zien,' zei ik.

'Ja, we moeten een voetbal hebben en echte voetbalkleren,' zei Gerard.

We oefenden elke middag.

Ik moest een scheidsrechter spelen en ik moest op een fluitje blazen. Gerard had bedacht dat ik heel hard zou blazen, maar dat niemand mij zou horen.

Hoe ik ook blies, niemand keek naar mij.

Truus zou mijn vrouw zijn, maar ze zou de hele tijd op mij schelden.

Gerard en Evert waren voetballers. Ze moesten door het hele publiek worden toegejuicht. Een einde konden we niet aan het toneelstuk maken.

Een dag voor onze laatste schooldag kreeg ik hoofdpijn. Ik kon niet naar school.

Ik hoorde later dat de uitvoering heel leuk was geweest. De moeder van Truus kwam het vertellen. Ze hadden mijn rol er gewoon uitgelaten, en ze waren allemaal voetbalhelden geweest.

Het einde van ons toneelstukje was dat Gerard en Truusje met elkaar trouwden nadat Gerard met z'n club kampioen was geworden.

'Vind je het niet erg dat je er niet bij was?' vroeg mijn moeder.

'Nee,' zei ik.

'Wat speelde jij eigenlijk in het toneelstuk?'

'Ik heb alles bedacht,' antwoordde ik, 'alles. Het was helemaal mijn idee. Dat we voetbalkampioen zouden worden. Dat was mijn idee ook.' Terwijl ik sprak bevoelde ik de foto van Elsje die haar ouders hadden opgestuurd als dank voor de belangstelling bij de begrafenis.

'Dat heb je dan knap bedacht,' zei moeder.

Het was een foto die een dag voor het overlijden van Els was gemaakt.

14

Meer dan een jaar later.

'Strek je rechter arm nog eens uit, Tjon,' zei de dokter.
Ik deed wat hij me vroeg.
'Nee... je... RECHTER arm, Tjon.'
'Neemt u me niet kwalijk, dokter.'
'Geeft niet... Prima... En ga nu eens met je hand naar je neus... Juist, en ga nu eens met je hand naar je oor... Je rechteroor... Andere kant rechts... Goed zo...'

De dokter maakte een aantekening en ik keek naar mijn moeder. Ze zag er vandaag mooi, maar ook moe uit. Ik wist dat ze vannacht een aanval had gehad, maar om de gevolgen te verbergen had ze zich zwaar opgemaakt. Ik hield haar hand vast, maar soms liet ze die los. Wanneer ik haar hand dan zocht, pakte ze die niet.

'Weet u, mevrouw,' begon de dokter, 'uw zoon heeft een motorische stoornis. Zijn oog-handcoördinatie is niet goed, en ik vermoed dat zijn richtingscoördinatie ook niet helemaal in orde is. Ik vermoed...'

De dokter was even stil en zei toen: 'Het vreemde is... Tjon vertoont eigenlijk... verschijnselen van geestelijke achteruitgang...'

'Waar komt het door, dokter?'
'Ik weet het niet... Neuroloog Hoopman moet dit verder

uitzoeken. Die is specialist op het gebied van kinderhersens. Waarschijnlijk door de geboorte,' zei de arts, 'u zei dat het een moeilijke bevalling was. Een klein gebrek aan zuurstof kan al invloed uitoefenen op de hersenen. Tjon is helemaal in orde, maar bepaalde automatismen – althans wat voor ons automatismen zijn, zoals grijpen, pakken, slaan, vangen, tegen iets aan trappen – moet hij zich als het ware steeds opnieuw herinneren. Hij moet het iedere keer opnieuw ergens uit zijn hersens halen, snapt u wel. Daarom is hij niet goed in gymnastiek en kan hij nog niet fietsen. Het lijkt of zijn hersens... het lijkt of hij jonger wordt in plaats van ouder... Heel vreemd, vooral ook omdat hij in andere facetten weer ouder is dan zijn leeftijdgenoten.'

'Is hij geestelijk wel...' moeder maakte de vraag niet af.

'Ik weet het niet, mevrouw. Hij is misschien nog kinderlijk en de puberteit is nog niet helemaal tot bloei gekomen, maar hij is fysiek een gezonde jongen van dertien... Hij is alleen geestelijk... ik weet het niet. De neuroloog, dokter Hoopman, moet het verder onderzoeken.'

Moeder zweeg. De dokter keek even in zijn papieren.

'Ik kan verder niets onderzoeken, mevrouw. Er zijn geen epileptische aandoeningen, er zijn ook geen andere klachten.'

'Kunnen we iets doen aan die motorische stoornissen?' vroeg mijn moeder.

De dokter haalde zijn schouders op.

'Welbeschouwd heeft hij nergens last van, behalve misschien in de sociale omgang. Dat hij uitgelachen wordt. Daarom bent u ook hier. Tjon kan niet goed met een bal overweg, hij kan ook niet goed fietsen, maar toch raad ik u aan om hem flink te laten sporten, niet alleen voor de lichamelijke ontwikkeling, maar ook voor zijn geestelijke weerbaarheid. Juist voor die weerbaarheid moet hij met mensen omgaan. Er is geen goed zicht op zijn stoornissen, weet u. We weten dat ze nu niet erg zijn, maar een goed overzicht over de hoedanigheid en de kwantiteit ontbreekt. Maar hij heeft verder gezonde hersenen, geloof ik. U zou hem eens een intelligentietest kunnen laten afnemen. Ik ken een goed psychologisch bureau.'

'Maar dat handschrift van hem...'

'Ja, dat is ook zo'n stoornis. Hij heeft een schrijfstoornis, maar hij kan wel goed lezen.'

'Is het niet vreemd dat ze dit niet op de lagere school hebben ontdekt?' vroeg moeder.

'Ach, weet u... voor de puberteit kan er nog van alles aan de hand zijn, pas in de puberteit wordt een mens gevormd, zeg ik altijd maar.'

Moeder knikte.

We namen afscheid van de dokter, en ik zag aan mijn moeder dat ze niet gelukkig was. Buiten was het donker, want het werd winter.

'Wat heb ik nu precies?' vroeg ik.

'Eigenlijk niets,' zei ze, 'je kunt alleen een paar dingen niet die andere kinderen wel kunnen. Je kan bijvoorbeeld niet goed fietsen, en je kunt niet mooi schrijven en je kunt niet gymnastieken, maar voor de rest is alles in orde.'

'Er is niks mis met mijn hersens?'

'Nee,' zei mijn moeder. 'Denk er maar helemaal niet meer aan!'

Het klonk streng.

We liepen naar huis – nu probeerde moeder mijn hand te pakken, maar wilde ik niet. Het was mogelijk om hier jongens van school tegen te komen. Niemand mocht me met mijn moeder zien.

Met mijn hersenen was niets aan de hand, had ik de dokter horen zeggen. Ik kon dus nog altijd dokter worden, al was ik blijven zitten. Dat ik was blijven zitten, kon ik eigenlijk niet helpen, zo zeiden de leraren. Die vonden het verstandiger als ik nog een jaar klas één over zou doen, gezien mijn lichamelijke ontwikkeling.

Ze vonden me 'kinderlijk', zei vader toen hij nog thuis was. ('Niet kinderachtig, maar kinderlijk, dat heeft te maken met je ontwikkeling van kind naar man'.) Dat ik al rookte (als enige van mijn klas! De anderen durfden niet!) vertelde ik niet. Ik werd ouder, dat wist ik. Waarschijnlijk was ik nog een kind, omdat ik... omdat ik zo veel had meegemaakt, dacht ik... Ik had veel meegemaakt... Al die gebeurtenissen zaten in mijn hoofd en namen veel plaats in; daardoor konden de hersens geen opdracht geven dat ik moest groeien. Al die gebeurtenissen hadden te maken met oorlog. Misschien was ik wel de enige die zag dat er oorlog dreigde aan te komen. Ik moest dan klaar zijn. Ik moest dan mijn vader en moeder redden. Ja, vader ook. En Joost. Hij zeker. Dit hoefde niemand te weten; het was zelfs beter als niemand het wist.

Thuis ging ik naar mijn kamer en bekeek ik het boek met de geweren dat ik uit de bibliotheek had gehaald.

Ik hoorde Joost thuiskomen. Hij sprak in de keuken met moeder. Ik verborg mijn boek snel onder het bed en nam een Agatha Christie uit de kast, want ik wist zeker dat Joost bij me zou komen.

Even later deed hij de deur van mijn kamer open en riep: 'Vangen!'

Er kwam iets op me af, maar ik kon helemaal niets doen. Ik voelde pijn toen ik de bal hard tegen mijn buik aan kreeg.

'Waarom ving je die bal niet?' vroeg Joost.

'Ik zag hem niet.'

'Er is toch niets mis met je ogen? Ben je naar de oogarts geweest?'

'Nee, ik ben naar de neutro... neu... neuroloog geweest.'

'Waarom stotter je?'

'Ik stotter niet.'

'Ik hoor je zeggen neutro... neu.. neuroloog. Dat is stotteren.'

'Hè, doe toch niet zo vervelend... Je weet best waar ik was, en waarom ik daar was.'

'En wat zei de neuroloog... Dat je gek was?'

'Nee, er is niks met m'n hersens... Ik kan bepaalde dingen niet. Zoals vangen.'

'Ja, je bent dus gek.'

'Nee, met m'n hersens is niets mis.'

'Je kunt alleen niet vangen, trappen, schrijven... je bent dus gek.'

'Ik ben niet gek.'

'Ik noem dat gek.'

'Nou, dan noem je dat maar gek.'

Ik haalde mijn schouders op. Eigenlijk viel Joost mee vandaag. Hij zag het boek dat ik las.

'Is het een goeie van Agatha Christie?'

'Ja, ik ben pas in het begin.'

Joost was stil. Ik wist dat hij nog iets tegen me wilde zeggen, of nog iets aan me wilde vragen, maar hij deed het niet.

'We moeten vanavond naar pappa, jij en ik,' zei hij toen.

'Weet ik.'

'Heb jij zin?'

'Jawel, ik heb hem al een tijd niet gezien,' zei ik.

'Ik heb geen zin,' zei Joost.

'Waarom niet?' vroeg ik.

'Weet ik niet... Vorige keer vond ik het niet leuk.'

'Toen was hij nog erg ziek.'

'Misschien is hij nog wel erg ziek.'

'Volgens mamma niet,' zei ik.

'Mamma zei vorige keer ook dat hij niet erg ziek was,' zei Joost. Hij draaide zich om en keek in mijn boekenkast.

'Nou ja... ik weet ook eigenlijk niet wat pappa had,' zei ik.

Joost haalde zijn schouders op.

'Ik heb iets voor je,' zei hij opeens.

'Dat zal wel.'

'Echt waar... Wacht, ik haal het even.'

Hij liep de kamer uit. Ik moest nu uitkijken voor een streek, maar als ik op mijn bed zou blijven zitten, kon er eigenlijk niets gebeuren. Ik wachtte gespannen af. Ik keek naar de klok. Na drie minuten kwam Joost terug.

'Hier, dit is voor jou.'

Ik was stomverbaasd. Hij drukte een boek in mijn handen dat *De Engelandvaarders* heette en waarover ik Joost weleens had horen praten met zijn vriend Willem. Dit was een nieuw boek.

'Is dit voor mij?' vroeg ik.

'Ja.'

Ik vertrouwde het niet.

'Hoe kom je hieraan?' vroeg ik.

'Gekocht.'

'Waarom?'

'Voor jou.'

'Waarom voor mij?'

'Omdat je... ziek bent.'

'Maar ik ben niet ziek.'

'Dat wist ik niet, toen had ik het boek al gekocht. Dan is het omdat je gek bent.'

'Ik ben niet gek.'

'Dan is het omdat je naar de dokter bent geweest die zei dat je gek was.'

Ik bekeek het boek van alle kanten, maar er leek me niets mee aan de hand. Het was een groot geschenk. Ik voelde me verlegen.

'Je mag er alleen niets over tegen mamma zeggen.'

'Waarom niet?'

'Omdat ik dat niet wil. Misschien wil ik haar ook een geschenk geven, en als jij dit dan gaat vertellen, dan verheugt ze zich er misschien op... Begrijp je wel?'

Ik begreep het niet, maar zei: 'Ja.'

'Trap die bal eens naar mij toe?' vroeg Joost. Ik deed twee pogingen, maar schampte de bal alleen maar.

'Je bent een ongelukkig kindje... Ik heb een gehandicapt broertje.'

Joost ging lachend mijn kamer uit.

15

Joost en ik liepen naar onze vader. Buiten was het koud. Joost bleef even stilstaan voor een brommer.

'Ik wil ook een brommer,' zei hij, 'het is toch belachelijk dat ik zeventien geworden ben en geen brommer heb.'

'Een brommer is duur,' zei ik.

'Volgende week heb ik een brommer.'

'Hoe kom je daar dan aan?' vroeg ik.

Hij haalde zijn schouders op.

We liepen het Vondelpark door. Bij de Vondelstraat verlieten we het park, liepen langs de kerk en staken de straat over. Het leek of het overal tochtte.

Bij het ziekenhuis liepen we naar rechts en even later zaten we voor onze vader.

Hij zat in een stoel en leek erg moe. Joost deed het woord.

'Hoe gaat het nou met je, pap?'

'Goed.'

'Wat heb je vandaag gedaan?'

'Niet veel.'

'Maar wat wel?'

'Niks.'

'Tjon is met mamma naar de neuroloog geweest.'

'Ja, dat heeft mamma verteld,' zei pappa en toen hield hij zijn mond. Soms keek hij naar mij en zei dan: 'Heb je je huiswerk af?'

'Ja, pap.' Dan keek hij weer weg, en als hij mij weer opmerkte, vroeg hij: 'Je huiswerk was af hè? Dat heb ik je daarnet gevraagd.'

'Ja, pap.'

Joost bestudeerde mijn vader. Het was alsof hij geen vragen meer wist. Tot hij zich opeens iets leek te herinneren en hij zei: 'Mamma was hier vanmiddag hè?'

'Ja,' zei pappa.

'Heeft ze toen verteld van dat artikel dat in de krant stond?'

Vader schudde zijn hoofd. Joost zei: 'Ze hebben in Amerika Duitse ruimtevaartgeleerden die binnenkort komen met een plan om iemand naar de maan te sturen. Werner von Braun die destijds in Duitsland meegeholpen heeft om de V1's en de V2's te bouwen, doet dat nu in Amerika. Dat was een heel interessant artikel.'

Het interesseerde vader niet. Joost bleef naar hem staren.

'Ze hebben tegen die Werner von Braun gezegd: "Je kan in de gevangenis of naar ons in Amerika komen, om zo'n raket te maken." Hij is dus met die Amerikanen meegegaan. De Russen hebben natuurlijk andere Duitse geleerden meegenomen...'

Vader dronk zijn thee.

'Ik heb een boek gelezen, pap,' vervolgde Joost, 'waarin er een bijeenkomst is van de knapste koppen ter wereld. Ze denken dat ze naar een conferentie toe gaan, maar ter plekke blijkt dat ze ontvoerd zijn. Ze moeten, in opdracht van hun ontvoerder, het ergste wapen ter wereld maken.'

Vader roerde in zijn bijna lege theekopje en dronk daarna de laatste druppels.

'Ik zal dat boek eens voor je meenemen, pap.'

Toen knikte vader. Hij keek naar Joost en vroeg: 'En hoe gaat het met jou op school?'

'Goed,' zei Joost.

'Heb je je huiswerk af?'

'Ik zit voor mijn eindexamen...'

Mijn vader roerde in zijn lege theekopje.

'We moeten weer gaan,' zei Joost, 'Tjon, ga mee.'
'Dag pap,' zei ik. Ik gaf hem een kus.
'Dag jongen,' zei vader.
'Dag pap,' zei Joost. Hij gaf pappa geen zoen, maar zwaaide met zijn hand.

Joost en ik liepen zwijgend naar buiten.

Op de Overtoom vroeg ik: 'Wat heeft pappa nu precies?'

'Ik weet het niet. Het heeft met de oorlog te maken.'

'Maar wat dan?'

Joost haalde zijn schouders op en zei: 'Dat zeg ik, dat weet ik dus niet precies. Hij is treurig, verdrietig, maar kan daar niet overheen komen. Zo moet je het zien. Hij komt er niet overheen. Hij kan er niet over praten. Zo is dat. Dat zegt mamma.'

'Hij kan er toch met mamma over praten, en ook met ons?'

'Nee, dat kan hij niet... Als je heel erg bang bent, heb je dan ook niet dat je even niet weet wat je moet zeggen?'

Ik knikte.

'Nou, dat heeft pappa dus constant. Dat komt door de oorlog. Hij is altijd bang. Dat is het.'

'Wordt hij wel weer beter?'

'Weet ik veel.'

'Gaat hij dood?'

'Jezus Christus, Tjon. Godverdomme, je moet niet zulke domme vragen stellen. Nee, hij gaat niet dood. Of wel, ik weet het niet!'

Joost was kwaad. Het was beter nu niets te zeggen. Wat was er met Joost? Hij had me vandaag dat boek gegeven. Dat was een echt boek... Er was niks mee aan de hand.

'Over een jaar ben ik achttien,' zei Joost.

'En ik veertien,' zei ik zomaar.

'Ik mag dan in een auto rijden,' zei Joost.

'En ik op een brommer.'

'Nee, jij mag niet op een brommer, Tjon! Veel te gevaarlijk. Jij kan al niet fietsen. Je weet niet wat voor en achter is, en ook niet wat links en rechts is.'

'Ik wil ook eigenlijk geen brommer.'
'Zeg dan niet van die stomme dingen. Ik wil wel een auto.'
'Dat kan niemand betalen.'
'Ik wel.'
'Hoe dan?'
'Door te werken.'
'Hoe dan?'
'Je moet je bek houden. Je moet mij alleen laten praten.'

Ik hield mijn mond. Ik begreep wel dat ik Joost, als hij zo'n humeur had, niet te veel moest lastig vallen.

Plotseling begon hij te vertellen.

'Ik zal rijk worden. Rijk en gelukkig! Ik wil een auto en een mooi huis. Ik wil aardige mensen om me heen met wie je kan lachen! Dat wil ik!'

'Ik ook,' zei ik.

Ik dacht aan een geweer. De schoolpsycholoog waar ik vorige week was, vroeg: 'Aan welk meisje denk je het meest?'

Ik zei: 'Ik denk nooit aan meisjes, ik denk altijd aan geweren.'

De psycholoog had toen naar een collega gekeken die achter me zat en geknikt en toen had hij gevraagd: 'Tjon, ben jij weleens seksueel voorgelicht?'

'Jawel,' antwoordde ik.

'Onaneer je weleens... masturberen wordt dat weleens genoemd, of... trek je jezelf weleens af?' vroeg de man toen.

'Jawel,' zei ik toen. Ik schaamde me niet eens toen hij die vraag stelde.

'Waar denk je dan aan.'

'Aan het lekkere gevoel,' zei ik.

'Maar zie je geen vrouwen of meisjes voor je?'

Ik schudde mijn hoofd.

'Zie je, als je je aftrekt, jongens voor je, of geweren?'

'Ook niet,' zei ik.

'Wat dan?'

Ik durfde het niet te zeggen: ik zag Elsje en Truus voor me. Elsje nog in leven, en Truusje ook. Truusje, die ik al meer dan een jaar niet had gezien. Ze was verhuisd. Ze had een schoolschortje voor en Elsje had een klein broekje aan. En ik had een geweer. We woonden in het Vondelpark, met z'n drieën. In een hut in een boom. Ik hield van alle twee evenveel, maar met Truusje sprak ik over Elsje als 'ons kind'. Elsje kuste ik veel, maar Truus ook.

Ik kreeg een harde piemel van die kussen, en dat ik dan beiden naakt zag, terwijl ze naar me keken, terwijl ik een groot geweer in mijn hand had. Ik zou ze beschermen. Mijn moeder ook. Ik zou iedereen doodschieten.

'Je denkt dus zomaar vaak aan geweren,' had de psycholoog gevraagd.

'Ja,' zei ik, 'mijn vader heeft een gewerenverzameling en die wil ik later ook hebben.'

'O, zit dat zo,' zei de psycholoog toen.

Ik vond niets zo mooi als die geweren en pistolen die mijn vader had – allemaal zelf uitgezaagd of op hard karton getekend en daarna heel precies met een mes uitgesneden.

16

Omdat ik was blijven zitten (als ik weer zou blijven zitten zou ik van school af moeten), was ik de oudste van de klas. (Maar niet de grootste. Een jongen die Johan heette was de langste, maar hij had een groeistoornis.)

In de pauze gingen we in de diepe portieken van de Okeghemstraat staan.

'Waarom roken jullie niet?' vroeg ik. 'Omdat jullie klein zijn, natuurlijk. Maar jullie moeten roken.' Ik hield iedereen mijn pakje voor, maar niemand wilde.

'Je moet roken. Het is erg kinderachtig als je het niet doet. Daarbij... Er gebeurt iets met je als je rookt. De meisjes vinden het mooi als je het doet. De meeste meisjes roken,' zei ik.

'Bij ons in de klas rookt niemand,' zei Evert, een vervelend klein ventje dat goed in wiskunde was.

'Mijnheer Bartels van wiskunde rookt. Wijnkoop van aardrijkskunde rookt ook. Van de Bos rookt!' zei ik.

'Maar die zijn volwassen,' zei Evert.

'Ja, en jij bent niet volwassen, dus jij moet maar niet roken,' zei ik. De anderen lachten. Ik zei het daarom nog een keer: 'Jij mag zelfs helemaal niet roken, want jij bent een kind.' Dit keer werd er minder gelachen, dus waarschijnlijk was deze grap minder goed. Ik vroeg me af of ik Evert een stomp zou geven, maar er was eigenlijk geen reden voor, al werd ik steeds giftiger op hem.

'Henk, wil jij geen sigaret?' vroeg ik.

'Ik mag eigenlijk niet,' zei hij.

'Ik mag eigenlijk niet,' imiteerde ik zijn stem, 'doe niet zo kinderachtig. Je lijkt Evert wel... Mag je niet van je vader en moeder?'

'Ja... Nee... Ja, ik mag niet roken van mijn vader en moeder.'

'Waarom niet?'

'Ze zeggen dat het slecht voor je is.'

'Luister, Henk... Mag ik iets in je oor fluisteren?'

'Jawel.'

Ik boog vooover en fluisterde: 'Heb je Tina met die grote tieten gezien die in 3b zit? Ik heb... niet verder vertellen... haar tieten gezien en gevoeld... en jij mag ze ook zien en voelen... als je rookt. Als je een echte sigaret rookt. Maar je mag dit niet verder vertellen. Aan niemand, hoor je. Aan niemand mag je dit vertellen... als je dit doorvertelt, schop ik je helemaal in elkaar. Je mag haar tieten zien en voelen, denk daaraan.'

Henk giechelde hoog: 'Hi hi hi.' Hij bloosde.

'Wat zei-die?' vroegen de anderen.

'Dat zeggen we niet!' zei ik. 'Dat is ons geheim!'

'Zeg nou,' zeurden de anderen.

'Nee, dat is een geheim tussen mij en Henk... hè Henk?'

'Ja,' zei Henk. Hij zei het op een kinderachtige manier. 'Ja, dat is ons geheim... tussen Tjon en mij.' Hij was nog echt een kind; er was een irritant stukje van zijn voortand af.

'Wil je een sigaret, Henk?' vroeg ik.

'Ja, hoor,' zei Henk. Ik hield hem mijn pakje voor. Henk pikte er met moeite één uit. Ik gaf hem daarna een vuurtje met een lucifer. Hij durfde nauwelijks te zuigen. 'Je moet goed trekken, Henk. Anders telt het niet... Goed zuigen... Heb je astma? Anders ga je dood. Als je astma hebt, ga je dood.'

'Nee, ik heb geen astma,' zei Henk. Hij nam een trek van zijn sigaret en blies de rook meteen uit. Iedereen was stil.

Henk keek op zijn horloge. Hij wilde natuurlijk dat de pauze afgelopen zou zijn.

'Heel goed, Henk,' zei ik, 'maar nog niet goed genoeg. Je moet de rook in je longen laten... dat is het beste.'

Hij probeerde het, maar moest erg hoesten.

'Bijna goed, Henk.'

De anderen waren stil. Ik besloot niet meer te veel op Henk te letten.

'Luister,' zei ik tegen de anderen, 'jullie moeten nog veel doen om held te worden.'

'Ben jij dan een held?' vroeg Evert.

'Ja, Evert! En jij bent geen held. Ik ben wél een held, want ik heb hele moedige dingen gedaan... Hele moedige dingen gedaan. Of heb jij soms ook een medaille gekregen van de burgemeester van Amsterdam?'

Evert was even stil en vroeg: 'Waarvoor dan?'

'Ik heb van de burgemeester van Amsterdam een medaille gekregen – ik zal hem morgen meenemen – wegens bewezen diensten voor... het vaderland.'

'Bewezen diensten voor het vaderland... van de burgemeester van Amsterdam? Waar slaat dat nou op?' vroeg Evert.

'Dat slaat op dat jij je kop moet houden zolang ik aan het vertellen ben! Daar slaat het op! Op je kop, als je niet uitkijkt! Kijk, er zijn alleen maar medailles voor bewezen diensten. Er zijn geen andere medailles. Dat begrijp jij niet, met je uilenbril. Er zijn alleen medailles voor bewezen diensten voor het vaderland. Zo zit dat! En die heb ik gekregen, omdat ik bijvoorbeeld een kind heb gered.'

'Waarvan dan... zeker van de verdrinkingsdood.'

'Nee, van een verkeersongeluk.'

'Van een verkeersongeluk?'

'Ja, het was een meisje. Een jong meisje. Ze speelde op straat... met haar fietsje. Ze heette Els... Elsje. Het was niet eens druk op straat. Het was in de Van Eeghenstraat, vlak bij het Vondelpark. Er komen bijna geen auto's door die straat. En dus mocht Elsje fietsen. Ze fietste op de stoep, ze fietste toen van de stoep af. Dat mocht natuurlijk niet. Haar moeder had gezegd dat dat niet mocht! Maar ze deed het toch. Ze deed het toch... Haar moeder keek op dat moment uit het raam, en zag achter in de straat een auto komen. Een vrachtwagen...'

'Waarom stop je nu?' vroeg Evert.

Ik keek van hem weg. Ik probeerde mijn tranen tegen te houden.

Snel stak ik nog een sigaret op en ik vertelde verder: 'Ik kwam net van de andere kant aangelopen. Ik zag Elsje en ik zag die vrachtwagen. Elsje had niets door. Die fietste rustig de straat over. Ik rende en rende. Het leek wel of ik vleugels gekregen had. Ik wist dat ik Elsje moest redden. Deed ik dat niet, dan zou ze overreden worden, dan zou ze sterven. Ik rende en rende. Ik nam zelf risico's. Ik stak de straat over, en ik wist Elsje net te redden voordat die vrachtwagen haar te pakken kreeg...'

Ik keek de kring rond.

Een jongen die Michel heette, haalde zijn schouders op. 'Niet zo'n heel bijzonder verhaal,' zei hij.

'Het is maar één van de verhalen,' zei ik, 'ik heb die medaille natuurlijk niet voor één ding gekregen. Ik heb nog meer gedaan.'

'Wat dan?' vroeg Evert.

'Ik heb bijvoorbeeld ook... ik heb bijvoorbeeld ook...' Ik raakte half in paniek omdat ik niet wist wat ik moest zeggen, maar besloot toch verder te gaan: 'Ik heb bijvoorbeeld ook wonden verzorgd van oorlogsslachtoffers.'

'Oorlogsslachtoffers?'

'Ja, mensen die ziek en gewond uit de oorlog kwamen, die hadden wonden. Oorlogswonden, en die heb ik vaak verzorgd.'

'Waarom gingen die mensen dan niet naar de dokter of het ziekenhuis?'

'Omdat... omdat die mensen... ja, dat begrijp jij niet, omdat je dom bent, Evert, dat begrijp jij niet... maar die mensen die kwamen dus met wonden uit de oorlog... en die durfden niet naar de dokter, omdat... omdat...' Ik wiste het zweet van mijn voorhoofd. 'Ze gingen niet naar de dokter, omdat ze bang waren voor die dokter. Kijk, die mensen hadden wonden, dus die waren gewond geraakt in de oorlog, en ze waren bang dat de dokter zou denken: die man heeft een wond opgelopen in de oorlog, dus misschien heeft hij wel niet goed gestreden als soldaat.'

'Ik begrijp er niets van,' zei Evert.

'Dat komt omdat jij het niet begrijpt, domme pik! Kijk, die mensen waren gewond. In de oorlog...'

'Ja, dat begrijp ik.'

'Nou, dus die mensen dachten dus: kijk, ik ben gewond geraakt, dus geen held. Want echte helden raken niet gewond. Ze dachten dus dat anderen zouden denken, dat ze geen echte helden waren, omdat ze gewond geraakt waren. Begrijp je het nu, apekop? Met die stomme bril van je! Je moet je hersens eens een keer laten schoonspoelen, met die konijnentanden van je!'

'Waar slaat dat nou op?'

'Ja, je hebt een konijnekop, weet je dat?'

Ik stond te trillen op mijn benen.

'Je moet eens naar je eigen kop kijken,' zei Evert, maar ik merkte dat hij nerveus was.

'O ja, als je dat nog eens zegt, druk ik deze sigaret in je gezicht uit, konijn. Evert konijn! Hij lijkt op een konijn, hè jongens. Ko! Nijn! Ko! Nijn! Ko! Nijn! Kom op, jongens, allemaal: Ko! Nijn! Ko! Nijn! Ko! Nijn!'

Iedereen deed mee; mijn knieën knikten en m'n hart ging tekeer. Ik kreeg zelf tranen in mijn ogen, maar ik deed net of ik last had van de rook.

'Ko! Nijn! Ko Nijn!' Evert bleef aanvankelijk onbewogen staan, hij brak niet. Ik zette nog eens aan, luider nu: 'Ko! Nijn! Ko! Nijn!'

Eindelijk begon Evert te sippen.

'Kijk! Hij huilt. Ha ha ha!' zei ik. 'Kinderachtige huilebalk.

Je bent een kinderachtige huilebalk. Hij is kinderachtig. Waar of niet?'

Ik wou dat iedereen nu wegging, en ik dicht bij Evert kon staan, om hem te omhelzen. Toen ik niet meer schreeuwde, hield iedereen op. Evert wilde weglopen, maar ik hield hem tegen.

'En als ik merk dat je hierover praat met anderen, schop ik je helemaal in elkaar, konijnekop! Je houdt je bek!'

Toen rende Evert weg.

'Misschien gaat hij wel naar de rector,' zei Michel.

Ik haalde mijn schouders op en zweeg.

Ik zou Evert graag als vriend hebben gehad. Hij was rustig, hij verzon nooit wat. Ik dacht aan Bert die ooit een astma-aanval had gehad toen ik hem een sigaret had gegeven – hij zat nu in de tweede klas en had een vriendinnetje, had ik gehoord. Bert wilde nu geen vrienden meer met mij zijn; hij liet mij altijd voelen dat hij mij stom vond omdat ik was blijven zitten en niet gegroeid was. Ik meed Bert daarom ook. Evert was net als Bert. Ik zou het moeten goedmaken met Evert. Hij moest mijn vriend worden, maar hoe deed je dat? Waarom begreep Evert niet dat ik eigenlijk heel aardig voor hem wilde zijn?

'Evert heeft nog veel meer straf verdiend,' zei ik.

'Waarom eigenlijk?' vroeg Henk.

'Hij heeft een ver...' 'Verradersgezicht' wilde ik zeggen, maar ik kon daartoe de moed niet meer opbrengen.

17

'Er is een brief over jou gekomen van de neuroloog, hij ligt op het bureau van pappa,' zei Joost, 'en er staat wel degelijk in dat je een ernstige afwijking aan je hersens hebt.'

Joost liep de kamer uit. Ik kon de brief op het bureau niet vinden.

'Waar is die brief dan?' riep ik.

'Op het bureau van pappa, maar je kan hem natuurlijk niet vinden,' riep Joost. Hij kwam de kamer weer binnen. Ik pakte alle brieven die gesorteerd lagen zorgvuldig op, maar er was geen brief bij van de neuroloog.

'Hij is er niet,' zei ik.

'Ja, hij is er wel, maar door die hersenstoring van je kun je hem niet vinden. Dat staat namelijk in die brief. Je zal nooit wat kunnen vinden, buiten al die andere afwijkingen die je hebt. Je hebt een heel beperkt gezichtsvermogen doordat de hersens maar een zeer klein deel kunnen ontvangen van wat je ogen zien.'

'Waar is die brief dan?'

'Bijzonder kleine hersens... dat stond in die brief... Mevrouw, uw zoon heeft bijzonder kleine hersens met een weke structuur...'

'Zeg nou waar die brief is, Joost.'

'De weke structuur van de hersenen bevestigt de geringe opnamekwaliteit. Dat stond in die brief. Uw zoon zal derhalve altijd achter, ja, zelfs achterlijk blijven. Zo stond het er... achter, ja, zelfs achterlijk.'

'Doe niet zo vervelend. Zeg nou waar hij is!'

'Het kan zijn dat mamma hem voor je verborgen heeft. Ik geloof zelfs dat ze zoiets zei. Ja, ze zei nog tegen mij: "Doe nou niet vervelend tegen Tjon, en zeg niets over deze brief en pest hem er niet mee." Dat zei mamma, geloof ik. En toen pakte ze de brief en legde die op een geheime plaats.'

'Ik geloof je toch niet.'

'Nee, dat is ook het beste. Het is het beste om mij niet te geloven. Nooit.'

'Pff... Altijd dezelfde grappen.'

Ik ging op de bank zitten.

'Toch ben je blind en gestoord,' zei Joost.

'Zal best.'

'Ja, je bent blind en gestoord. Want er ligt ook heel duidelijk een brief van Truusje op het bureau en die zie je ook niet.'

Ik keek naar Joost. Hij liep langzaam naar het bureau en pakte er een ongeopende envelop vanaf. 'Een brief geadresseerd aan jou. Volgens mij de eerste echte brief in je leven. Misschien wel een liefdesbrief. Nee, daar maak ik geen grapjes over. Maar je moet Truusje wel eerlijk schrijven dat je niet goed bij je hoofd bent.'

Joost gaf me de brief, en ik was weer verbaasd over zijn vriendelijkheid. Hij pestte me maar kort vandaag.

'Maak de brief nou open,' zei hij ongeduldig.

'Nee, het is mijn brief.'

'Je wordt rood... Mijn God. Mijn gehandicapte broertje wordt rood. Jochie nog aan toe. Je bloost... wat geweldig.'

Ik sprong van de bank af en rende naar mijn eigen kamer. De brief brandde in mijn hand. Ik hoorde Joost lachen.

Ik deed de deur op slot en scheurde de envelop open, waarbij ik de brief in twee snippers uit elkaar ritste.

Ik herkende het handschrift van Truus niet. Het was anders dan vroeger, het was nu groot en volwassen, brede letters. De punt op de i was bijna net zo groot als een o. Ik volgde met mijn vingers de woorden.

'Beste Tjon,

Ik schrijf je omdat ik a.s. zaterdag 14 word. Ik geef een feest. We hebben te weinig jongens. Ik heb Bert en Gerard ook uitgenodigd. Breng je lievelingsplaten mee. Voor het dansen. Dag. Truus.'

Ik las de brief nog eens, met kloppend hart.

'Ik zie je lippen bewegen!' hoorde ik Joost opeens zeggen, die weer door de kier keek die tussen de deur en de muur zat.

'Doe niet zo flauw!' zei ik, en ik draaide me om.

M'n hand trilde. Ik merkte dat ik hem niet kon stilhouden. Ik legde de brief neer op m'n bureau, maar m'n vinger wilde niet meer bij de woorden stilstaan.

'Beste Tjon...' Ze had mijn naam opgeschreven. En ze vroeg toch, hoewel ze dat niet direct zei, of ik op haar feest wilde komen.

Maar hoe moest dat? Hoe moest ik dat doen? Moest ik dat vertellen aan mamma? Dan zou Joost er ook van weten! Ik zou het niet kunnen verzwijgen. En dan het feest zelf. Hoe ging het daar aan toe? Ik had nog nooit van mijn leven een feest meegemaakt, alleen in de zesde klas en op mijn verjaardagen, maar dat waren kinderpartijen. Daar werd ik altijd ziek van. Dit zou een feest zijn waarbij op platen gedanst zou worden.

Ik werd duizelig en ging op mijn bed liggen. Ik legde de brief tegen mijn buik aan.

'Beste Tjon... ik heb Bert en Gerard ook uitgenodigd...'

Dat was niet leuk. Misschien kon ik beter niet gaan. Dat was misschien wel het beste.

Ik werd iets rustiger. Bert en Gerard mochten me niet, dat merkte ik. Ze hadden het niet tegen mij gezegd, maar ik voelde het.

'... Voor het dansen...' Ik draaide me om zodat mijn wang tegen mijn kussen aankwam.

'... Neem platen mee...' Ik had geen platen. Ik haalde Truusje voor de geest. Haar mooie gouden haren. De brief las ik nog een keer. En ik voelde dat ik een stijve piemel kreeg.

'Dag Truus, ik ben het, Tjon.'

'Dag Tjon... Wat ben je groot geworden.'

'Dank je... Jij ook... Ik heb wat bij me voor je, voor je verjaardag.'

'O, wat is het?'

'Het is een ketting met een echte diamant.'

'Hoe kan dat nou?'

'Het is een echte diamant... uit Afrika.'

'Maar hoe kom je daaraan?'

'Ik heb mensen geholpen... Ja, ik heb... een vrouw van een rijke man gered... bij ons in de buurt. En toen gaf hij me deze diamant. En die is nu voor jou.'

'Waarom?'

'Omdat... vanwege het verdriet dat je hebt gehad om je zusje, en omdat ik...'

Nee, ik wilde niet verder fantaseren. Ik wilde me niet aftrekken. Ik moest me beheersen, anders zou het allemaal misgaan.

'Dag Truus, ik ben het, Tjon.'

'Tjon, wat leuk, wat ben ik blij dat je er bent, de anderen zijn zo kinderachtig...'

'Hé, wie hebben we daar... daar hebben we Tjonnie Konnie. Dag Tjonnie Konnie. Nog steeds in de eerste klas?'

'Hou je bek, Gerard!'

'Bek, bek, wat een grote woorden voor een domme kleuter. Truus, zie je niet hoe klein hij is? Hij is misschien wel een dwerg! Zijn moeder maakte zich er zorgen over en is toen naar de dokter gegaan. Hè Tjonnie Konnie? Tjonnie konnie groeien en Tjonnie konnie leren. Tjonnie konniets. Wat vind jij ervan, Truus?'

'Ja, ik vind hem ook nogal dom.'

'Dom is hij hè?'

'Ja, hij is de domste van de groep. De enige die nog in de eerste klas zit!'

'Geef me een kus, Truus. We moeten goed aan Tjon laten zien dat wij van elkaar houden. Geef me een zoen.'

'Tjon, Gerard en ik gaan trouwen.'

'Ja, Tjon. En op onze bruiloft mogen alleen volwassen mensen komen. En grote kinderen. Hele grote kinderen.'

Ik schudde mijn hoofd. Met mijn kussen veegde ik mijn wangen droog.

Ik moest niet naar het feest toe. Ik moest niet gaan! Maar hoe zou ik dan Truusje ooit weer zien?

'Wat schrijft Truus?' hoorde ik Joost aan de andere kant van de deur vragen. Hij was blijkbaar even weggeweest.

'Niets!'

'Oei... dat moet een liefdesbrief zijn!'

'Hou je bek!'

Joost liep door. Ik hoorde mamma thuiskomen. Joost zou haar vertellen dat ik een brief had gehad. Zij zou ernaar vragen. Ik moest vertellen over de verjaardag. Ik moest er misschien heen! Ik zou dat weigeren.

18

Mamma had een cadeautje voor Truusje gekocht: een bedelarmbandje waaraan echt zilveren bedels zaten. Het was erg duur geweest, maar 'Truusje is een bijzonder meisje'. Mamma wilde me op de fiets naar Truusje brengen, maar omdat ik te groot en te zwaar bleek, bracht ze me met de tram.

'Ik zal je niet tot de deur brengen,' zei ze, 'want dat is misschien kinderachtig.'

'Ik had ook heus wel alleen naar het feest gekund met de tram,' zei ik.

Mamma zei niets.

Bij de hoek van de straat waar Truusje woonde, bleef ze staan.

'Het is nummer veertien, Tjon. Eerst een één, dan een vier.'

'Dat weet ik heus wel.'

'Welk nummer is het?'

'Zestien.'

'Nee, veertien... Ik weet dat je het weet, maar hoe schrijf je veertien?'

'Een één en een vier. Ik weet het heus wel, ik ben bijna veertien!'

'Juist, lieve schat... Nou, ga maar.'

'Blijf je kijken of ga je weg?' vroeg ik.

'Wat wil je, moet ik hier wachten tot je binnen bent?'

Dat wilde ik het liefst. Maar ik zei: 'Nee, ik wil dat je nu weggaat.'

'Dat begrijp ik heel goed, lieverd. Goed, ik ga nu weg... Nummer veertien. Een één en een vier.' Ze hield eerst één vinger op, daarna vier.

'Dat weet ik heus wel.'

'Goed schat, dan ga ik.' Ze draaide zich om en liep weg. Ik keek haar na. Na tien meter draaide zij zich om. 'Ga dan naar Truusje,' zei ze.

'Als jij de hoek om bent,' zei ik.

'Goed.'

Ze liep verder – en ik hoopte dat ze nog een keer zou omkijken, maar dat deed ze niet. Toen ze verdwenen was, liep ik naar Truusjes huis.

Nummer veertien. Een één en een vier. Een één en een vier. Een één en een vier. Ik vond het huis, maar het was een huis met twee deuren. Ik moest nu niet in paniek raken.

Nog voor ik kon bellen, ging de deur open – alleen niet van nummer veertien, maar van het portiek ernaast.

En daar was Truus.

Ze was een vrouw geworden. Ze had borsten. Lang haar. Een zwart jurkje. En ze leek op haar moeder.

'Waarom ben je bij nummer veertien?' vroeg ze.

'Je woont toch op nummer veertien?' zei ik.

'Nee, ik woon op zestien. Dat had ik toch in de brief geschreven. Ik woon op zestien.'

'Ik heb me vergist,' zei ik.

'Je bent nog steeds woordblind, hè,' zei Truusje.

'Niet meer,' zei ik.

'Niet meer? Zoiets ben je toch je hele leven?'

'Jawel, maar ik heb mezelf erop getraind, en nu is het verdwenen,' zei ik. Ik kon moeilijk praten vanwege haar schoonheid.

'Kom maar binnen,' zei ze.

Het cadeautje dat ik voor haar had meegenomen durfde ik niet te geven, want het kwam me als veel te kinderachtig voor. Waarom had mijn moeder zoiets kinderachtigs gekocht?

Ik liep langs Truusje en rook haar parfum – ze rook naar afscheid, ik weet niet waarom ik dat dacht.

'Heb je een cadeautje voor me meegenomen?'

Ik knikte. Ik haalde het pakje uit mijn zak. Ik kon het niet zomaar geven. 'Het is...' zei ik, 'het is een tamelijk bijzonder cadeautje. Het komt uit de verzameling van mijn grootmoeder. Ik heb het dus niet gekocht. Het komt uit een erfenis. De erfenis van mijn grootmoeder.' Ik hoopte dat ze goed zou verstaan wat ik zei, maar ze reageerde er nauwelijks op. Ze ritste het pakje open.

'O... een bedelarmbandje. Nou... Leuk.'

Ik kon er maar beter niets meer over zeggen.

'We hebben leuke platen om te draaien. Heb je ook platen meegenomen?' vroeg ze.

Wij draaiden thuis geen platen, we hadden alleen radio en die mocht pas 's avonds precies om acht uur aan, om naar het nieuws te luisteren. 'Nee,' zei ik, 'op alle platen die wij thuis hebben, staan de handtekeningen van de uitvoerende artiesten. Ze zijn van mijn vader, want die verzamelt platen. Hij wilde niet dat ik ze meenam.'

'Wat lullig van je vader.'

'Ja.'

'Is je vader nog ziek?'

'Ja.'

'Is het erfelijk, wat hij heeft?'

'Nee.'

'Hoe weet je dat?' vroeg Truusje.

'Omdat de dokter dat heeft gezegd.'

'Het is erfelijk, zegt mijn moeder.'

'Dit komt door de oorlog,' zei ik, 'want mijn vader is niet echt gek.'

'Misschien heb je je woordblindheid wel van hem. Dat bedoel ik.'

'Ik ben niet woordblind.'

'Dat was je wel.'

'Maar nu niet meer.'

'Ik woon op nummer zestien.'

'Dat wist ik.'

'Je zei daarnet dat ik op nummer veertien woonde... hi hi hi... vastgeluld.'

'De bedeltjes zijn van echt zilver... Zilver uit zeventienhonderdtachtig,' zei ik.

'O.'

'Van mijn grootmoeder.'

'Waarom krijg ik dat dan?' vroeg Truusje.

'Omdat... omdat... we hebben thuis hele bijzondere grammofoonplaten,' zei ik, 'welke platen heb jij?'

'We hebben allemaal jazz- en dansplaten. Een heleboel. We hebben ook een plaat van de Beatles. Die draaien we de hele tijd.'

'Wij hebben thuis een plaat van de Beatles met handtekening,' zei ik. Ik fluisterde het bijna.

'Met handtekening van de Beatles?'

'Ja.'

'En die is van je vader? Wat moet die ermee? Houdt je vader van de Beatles?'

'Ja.'

'Nou, dan is-ie echt gestoord. Ik heb nog nooit gehoord dat een ouder van de Beatles houdt. En dan jouw vader... Zo'n Indische mijnheer... Jullie zijn toch Indisch?'

'We zijn Nederlanders.'

'Maar Indisch toch?'

'Nee, Nederlanders. Mijn vader is een Nederlander.'

'Maar hij ziet er toch Indisch uit? Net als jij en je broer?'

Ik zei niets, maar trok mijn jas uit. Er lagen tientallen jassen over de trap. Er klonk rumoer in de kamer.

'Hebben jullie ook veel feesten op jullie school?' vroeg Truus.

'Ja, heel veel,' zei ik.

'Leuke feesten?'

Ik haalde mijn schouders op. 'Gaat wel.'

'Draaien jullie daar ook de Beatles?'

'Meestal wel... Ik heb zelf eens een feest gegeven, en toen hebben we die plaat van de Beatles met een handtekening gedraaid.'

'Waarom heb je mij toen niet uitgenodigd?'

'Nou... kijk... het was eigenlijk een feest van mijn broer... En van mij... Maar omdat... Dus met oudere jongens... Er waren eigenlijk alleen maar jongens...'

'Dat zal wel geen leuk feest zijn geweest,' zei Truusje.

'Nee, dat is waar...' zei ik. Mijn overhemd was op de rug helemaal nat. Ik voelde hoe de druppels van mijn slapen af dropen.

'Het feest is in de voorkamer. Ga maar naar binnen,' zei Truus.

19

Achter de deur was rumoer. Truusje – ze was meer op haar dode zusje gaan lijken, hetzelfde hoofdje – hield de deur voor me open, en ik zag meteen dat alle jongens groter waren dan ik, maar ik moest doorlopen.

'Dit is Tjon, mijn oude buurjongen,' zei Truusje veel te hard.

Niemand keek naar me. Zacht zei ik: 'Ik ben de broer van Joost.' Dat hoorde ook niemand. Sommige langere jongens rookten een sigaret. Dat bood misschien een aanleiding om met ze te praten. Ik zou naar ze toe kunnen gaan om een sigaret te vragen.

Het feest was druk. Er waren veel meisjes. Die stonden bij elkaar. Sommigen waren heel mooi. Ze keken wel even naar mij, maar zodra hun ogen de mijne ontmoetten, staarden ze weer naar elkaar. Het was of ze om me lachten, maar dat kon me niets schelen.

Op een tafel stonden allerlei schotels met stukjes worst en kaas. Daarnaast stonden glazen en flessen cola, Seven Up en twee flessen wijn. De muziek klonk luid. Bij de pick-up stond een jongen geconcentreerd naar de muziek te luisteren. Omdat hij alleen was, ging ik naast hem staan. Ik deed ook net of ik naar de muziek luisterde. Het viel me op dat ik zeker een kop kleiner was dan hij. Waarschijnlijk was hij ook veel ouder. Het was zaak met hem in gesprek te raken. We moesten iets tegen elkaar zeggen. Ik probeerde net zo zachtjes op de muziek mee te deinen als hij, met dezelfde bewegingen.

'Leuk,' zei ik.

'Vind je er wat aan?' vroeg hij.

'Ik vroeg of jij het leuk vond,' zei ik. Ik wilde meteen bij hem weg. Zijn stem was laag; misschien was hij wel achttien.

'Wat vind jij?' vroeg hij.

Wat moest ik antwoorden?

'Leuk,' zei ik zo neutraal mogelijk.

'Hou je van de Stones?'

'Soms wel.'

'Soms?'

'En jij?'

'Hou je... soms... van de Stones?'

Hij was duidelijk verbaasd, maar ik kon maar niet ontdekken waar hij opuit was.

Ik knikte vertwijfeld.

'Nou, ik vind de Stones altijd goed,' zei hij.

'Ik eigenlijk ook,' zei ik.

'Wat vind jij hun beste nummer?' vroeg de jongen.

'Ik vind ze eigenlijk ook altijd goed,' zei ik.

'Maar wat vind jij hun beste nummer?' vroeg de jongen nogmaals.

'Soms kom ik ergens binnen. Zoals nu. En dan denk ik: dit is goed, dit is heel goed. En dan zijn het altijd de Stones. Ik heb ook platen van ze.'

'Ja, welke?'

'Met m'n broer samen. Soms koop ik een plaat, soms koopt mijn broer een plaat. We hebben thuis heel veel platen. We hebben ook platen thuis met handtekeningen van de uitvoerende artiesten.'

De jongen keek me verbaasd aan.

'Hebben jullie geld?' vroeg hij.

'Hoe bedoel je?'

'Hebben je ouders zo veel geld dat jullie steeds platen kunnen kopen?'

'M'n broer werkt.'

'Zit hij dan niet meer op school?'

'Hij is ouder dan ik. Hij studeert. Aan de universiteit.'

'Wat doet hij dan?'

Ik wilde bij de jongen weg. Het zweet parelde op mijn slapen.

Ik beantwoordde de vraag niet en bekeek de platen. Een plaat van de Beatles haalde ik eruit.

'Deze,' zei ik.

'Vind je de Beatles goed?'

'Deze plaat hebben wij ook,' zei ik.

'Ik hou niet van de Beatles,' zei de jongen, 'ik vind ze te slijmerig.'

'Daar heb je helemaal gelijk in. Ik vind het een stelletje slijmerds. Heb jij een sigaret?'

'Ik rook niet. Jij wel?'

'Ja, ik rook!' Ik was blij dat ik iets had waarover ik kon praten.

'Roken is niet gezond,' zei de jongen.

'Ik moet af en toe een sigaret hebben,' zei ik. Ik begreep niet dat de jongen niet wilde roken. Dat zou ik mooi tegen hem kunnen gebruiken.

'Ik ga een sigaret zoeken,' zei ik tegen hem. Ik liep meteen weg. De jongen mag me niet, wist ik. Hij mag me niet omdat hij me te kinderachtig vindt. Maar hij rookt niet.

Ik liep op een andere jongen af – ook veel groter dan ik, en met een gemeen gezicht – die een sigaret rookte.

'Zeg, mag ik een sigaret van jou?' vroeg ik.

'Knul, bind dan eerst je broekspijpen dicht.'

Ik lachte overdreven hard. Dit was een goede jongen. Hier moest ik dichtbij blijven. Toen hij geen sigaret gaf, zei ik: 'Toe nou, geef me een sigaret.'

'Vooruit, eentje. Maar dit is geen kinderfeestje, hoor. Het koekhappen is allang afgelopen!'

Weer lachte ik. Ik nam de sigaret aan en de jongen hield er een vuurtje bij.

'Zie je die jongen bij die pick-up staan?' vroeg ik.

De jongen met de sigaret knikte.

'Die rookt helemaal niet.'

'Dat is Bernt.'

'Hij rookt helemaal niet.'

'Bernt weet veel van muziek.'

'Hij rookt helemaal niet. Ik vroeg hem om een sigaret, en toen zei hij dat je van roken ziek wordt. Hij is gek.'

De jongen zei niets terug, maar draaide zich een halve slag en ging weer met een vriend praten. Ik stond achter hem. Daar moest ik blijven staan, hij zou zich nog wel een keer omdraaien. Er liep een meisje langs me dat heerlijk rook. Ze was blond en had een minirok aan. Ze wilde naar mijn vriend toe. Ik deed een stapje achteruit.

'Reinier, mag ik ook een sigaret van je?' Ze ging helemaal tegen hem aan staan. Ze lachte schaapachtig. Ik wilde naar haar benen kijken, maar durfde niet.

'Als ik een kus van je krijg, Anneke.'

'Een kus op je wang,' zei ze.

'Een kus op m'n mond.'

'Een kusje op je wang, Reinier.'

'Oké,' zei de jongen. Hij trok weer zijn pakje sigaretten uit zijn zak en gaf haar een sigaret.

Het meisje gaf hem een kus op zijn wang.

Nadat ze de sigaret had aangestoken, liep ze weer weg.

'Ik wil haar,' zei Reinier tegen zijn vriend.

Meteen begon ik te praten: 'Zal ik vra...' Ik wilde zeggen: 'Zal ik vragen of ze met je wil?' Maar dat durfde ik niet. Reinier keek me even verschrikt aan. Ik maakte daarom m'n zin niet af en zei: 'Het is een mooi meisje.'

'Ik heb haar op het feest van Daniël gevingerd,' zei hij.

'Wat?' vroeg ik.

'Ach, daar ben jij veel te klein voor.'

Ik lachte weer alsof het een goede mop was.

'Truusje!' riep Reinier opeens. Ik deed weer een stap naar achteren. Als Reinier maar niets zou vragen over mij. 'Truusje!' riep hij nog een keer. Truusje kwam onmiddellijk aangehuppeld.
'Wat is er?'
'Mag er gedanst worden?'
'Tuurlijk,' zei Truusje. Ze draaide zich om en riep hard: 'Jongens, we zetten de tafel even opzij en dan gaan we dansen!'

20

Ik vluchtte naar de gang. Daar zag ik een half-opgerookte sigarettenpeuk liggen die ik oppakte en aanstak met lucifers die ik in de keuken vond.

Ik voelde het zweet langs mijn slapen druipen.

Opeens ging de deur open. Het was Truusje.

'Hé, je moet meehelpen de tafels versjouwen. Ze moeten van de kamer in de kleine slaapkamer gezet worden.'

'Zal ik aanwijzingen geven? Ik kan aanwijzingen geven. Ik heb mathematisch inzicht. Wiskundig inzicht, zal ik maar zeggen!'

'Jij?'

'Ik ben heel goed in wiskunde. Daar heb ik zelfs een prijs...'

'Jij bent toch blijven zitten?'

'Ja, maar niet op wiskunde... Want juist dus dat wiskunde goed was, en ik zo goed ben, dus omdat ik veel weet ook van cijfers en zo... ik bedoel... men dacht, dat ik... Nou ja, aan mijn intelligentie mist niks, ik ben int...'

'Zeur! Help nou mee. Gewoon dragen!'

Ik liep de kamer in en zag dat de jongens met de tafels in de weer waren. Ik kon er eigenlijk niet eens meer bij. Er was een grote vierkante tafel en een ronde tafel.

'Die moeten door de deur!' zei ik.

'Jezus... Ja, ze moeten niet door de vloer heen,' zei iemand die ik niet eens kende. Ik wilde weer naar de gang gaan, maar

Truusje bevond zich in de deuropening. Plotseling stond ze recht voor me in de kamer. Ik voelde dat ze iets wilde zeggen over mijn luiheid, want ik was de enige die op dat moment niets droeg. Dus zei ik snel: 'Ja, ik heb uitgelegd hoe die tafels het beste de deur door kunnen,' en terwijl ik van haar wegkeek, zei ik tegen de oudere jongens die de tafels droegen: 'Ja, hierlangs maar, hoger... iets hoger.'

'Hoger? Moet de lamp stuk?'

'Ha ha ha!' Ik lachte me eruit en keek of Truusje me nog kon zien. Toen dat niet het geval was, pakte ik ook een stukje van de tafel, en wel op zo'n manier dat de dragers geen last van me zouden hebben.

Omdat ik niet uitkeek, botste ik met mijn voorhoofd tegen een deurlijst. De pijn vlamde, maar ik raakte m'n hoofd niet aan, omdat ik hoorde dat er gelachen werd.

'Zo, dat klonk hol,' hoorde ik.

Even zag ik dubbel, maar ik beet op mijn lip en de pijn trok weg.

'D'r is een gat in de muur en dat komt door jouw kop,' hoorde ik.

Ik werd op mijn schouder getikt en moest wel omkijken.

'Er zit een gat in de muur en dat komt door jouw kop!' zei een jongen. Er werd weer gelachen.

'Het klonk hol, hè,' zei ik.

'Klopt,' zei een jongen, 'en weet je hoe dat komt?'

'Omdat ik geen hersens heb!'

De jongen keek me verbaasd aan en zei: 'Precies.'

'Ik heb inderdaad geen hersens,' zei ik, 'ik ben ontzettend dom... Dom ben ik hè.'

De jongens begonnen nu te lachen.

'Ik ben heel dom en er zit niets in mijn hoofd... ha ha ha,' lachte ik nu heel hard.

De jongens wendden zich af en gingen weer bij elkaar staan.

Het was een goede geweest om mezelf als heel dom voor te stellen, maar toch stonden ze nu weer bij elkaar. Ik pakte de sigarettenpeuk uit m'n zak, ging stil achter de jongens staan, wachtte even en zei opeens: 'Wie wil er een sigarettenpeuk van de domme jongen?'

Niemand antwoordde.

'Zal de domme jongen anders een plaatje opzetten?'

Weer antwoordde niemand.

Toen zei iemand: 'Zeg domme klootzak, ga jij eens kijken of de ouders van Truusje wijn of bier hebben, of jenever.'

'Nee jongens,' zei Truusje, 'geen sterkedrank! Dat hebben mijn ouders verboden. Er mag geen sterkedrank worden gedronken.'

'Ja, dat vind ik ook,' zei ik terwijl ik Truusje recht aankeek, en ik draaide me om naar waar de jongens stonden en ik knipoogde naar ze, maar tegelijkertijd barstte het zweet me weer uit.

'Ik ga wel even naar de keuken,' zei ik.

'Wel... je gaat... wél... even naar de keuken?' zei Truusje.

'Ja... om... om wat water te drinken,' zei ik.

'En je hoofd zeker af te vegen van het zweet!' zei Truusje.

'Ja... ja, ik ben helemaal bezweet.'

'Zeker van het dragen van de tafel.'

'Ja... van het dragen van de tafel.'

'Die je helemaal niet gedragen hebt.'

Ze had me weer vastgepraat, Truusje. Ik moest iets doen.

'Ja... hi hi hi,' lachte ik.

'Ja, lach maar stom,' zei Truusje, en toen: 'Nou ja... je kan er misschien ook niets aan doen... Ga maar naar de keuken.'

Ik liep naar de keuken en depte met een handdoek mijn hoofd af. Ik merkte dat ik helemaal alleen was. Ik deed de koelkast open en zag meteen de jenever liggen. Ik raakte de fles even aan, maar trok snel mijn hand terug. Ik moest eerst goed controleren of ik wel alleen was, en eigenlijk durfde ik de fles niet aan te pakken. Ik sloot de deur van de koelkast en liep verder de keuken in. Achteraan was een deur die toegang bood tot de veranda. Ik keek door het raampje en zag een krat met bier.

Op dat moment schrok ik, want er klonk luid een stem die zei: 'Jongens, we gaan dansen.'

Dansen! Het woord deed pijn.

'We moeten allemaal dansen,' zei Truusje.

Er was een pauze. Toen: 'De Stones... laten we allemaal dansen op de Stones!'

En toen klonk er muziek... Hele harde muziek.

Ik ging achter de deur staan en sloot mijn ogen. Maar de muziek golfde door de muren, over de vloer en ook in de keukendeur die ik had vastgepakt. Ik hoorde schoenen op de grond stampen, en sommige meisjes zongen mee. Je hoorde hun hoge stemmen op het ritme van de golven.

Er kwam iemand de keuken binnen.

Het was de grootste jongen van het feest.

21

Hij keek me aan en zei: 'Ik moet jenever.'
'Ja, sterkedrank,' zei ik. 'Dat moet ik ook.'
'Jij niet, jij bent te klein.'
Ik lachte en wilde de keuken uit lopen, maar hij hield me tegen.
'Als jij nou eens jenever voor me gaat zoeken.'
Ik hoorde de Stones uit de voorkamer komen. De jongen boog zijn gezicht naar me toe. Hij zat onder de puisten. Ik keek naar zijn handen. Die waren groot.
'Kijk me eens recht in mijn ogen,' zei hij.
Ik deed wat hij vroeg. Toen zei hij: 'Ik wil nu een borrel.'
'Ik weet niet waar de jenever is,' zei ik.
'De jenever is in de koelkast,' zei de jongen.
'In de koelkast?' herhaalde ik.
'Ja, in de koelkast. Niet in de open haard. En weet je waarom niet?'
'Nee,' zei ik.
'Omdat ze hier geen open haard hebben.' Hij vond z'n eigen grap leuk, dus lachte ik heel hard mee.
'Ja... hi hi... omdat ze geen open haard hebben... Dat is een goeie...'
'En jij gaat nu naar de koelkast,' zei hij.
'Naar de jenever,' schalde ik.
'Ja... Nu!'

Ik liep naar de koelkast en deed de deur open. Ik zag meteen de fles jenever staan. Ik pakte die fles eruit.

'En een glas,' riep de jongen, 'zoek een glas voor mij. Een jeneverglas.'

'Ja...' riep ik even enthousiast en ik liep naar de kast waar ik vermoedde dat de glazen stonden. Een jeneverglas, wat was dat voor glas? Ik wist het niet. Was dat een klein of een groot glas? Klein was misschien niet verstandig. Ik pakte het grootste glas dat ik kon vinden.

'Dat is een bierglas!' zei de jongen.

'Ja, dit is een bierglas,' zei ik.

Even wachtte de jongen.

'Ik wil een jeneverglas,' zei hij

'Ja, want jenever drink je uit een jeneverglas,' zei ik, 'maar dit is een groot glas. Want dan kan je veel jenever drinken.'

De jongen keek me aan. Ik keek hem niet aan. 'Klein,' schoot het door me heen. 'Als een groot glas niet goed is, dan moet hij een klein glas hebben. Maar wat is klein?'

Toen pakte de jongen de jeneverfles, draaide hem open en nam een slok uit de fles.

'Precies,' zei ik.

'Lekker,' zei hij.

Ik knikte.

'Het brandt,' zei de jongen, en hij nam weer een slok.

'Moet jij ook?' vroeg hij.

Dit was mijn kans. Mijn hart begon sneller te kloppen. Dit was mijn kans – en nog wel de grootste jongen.

'Natuurlijk,' zei ik.

Hij wilde mij de fles overhandigen, maar net toen ik die wilde pakken, trok hij hem terug. 'Niks tegen Truusje zeggen, hè.'

'Nee,' zei ik.

'En niks tegen niemand, hè?' vroeg hij. Ik wist niet of ik begreep wat hij zei, maar het leek me verstandig om te knikken.

'Hier,' zei de jongen, en hij gaf me de fles. Ik wist dat ik de fles nu aan mijn mond moest zetten. Ik probeerde me te herinneren wat ik bij de jongen had gezien, maar ik wist het niet meer. Hij had de fles aan zijn mond gezet. Maar had hij één slok of een paar slokken genomen? Eén slok, dacht ik, één slok. Dus het was misschien beter nu een paar slokken te nemen.

Ik nam een slok – en ik zorgde ervoor dat de jongen goed zag dat ik een slok nam. De jenever brandde in mijn keel. Nog nooit had ik zoiets vies gedronken. Ik wilde kotsen, maar de jongen zei: 'Neem je maar één slok? Dan merk je niets. Je moet meer slokken nemen.' Ik voelde dat de tranen in mijn ogen sprongen, dus wendde ik mij af.

'Je proeft hem bijna niet,' zei ik.

'Neem dan nog een slok,' zei de jongen. Ik deed mijn ogen dicht en nam nog een slok. De jenever gleed als een slang mijn keel binnen.

'Dit is al beter,' zei ik, en daarna: 'Wij drinken jenever.'

Waarom ik dat zei, wist ik niet precies, maar ik hoopte dat de jongen er niet om zou lachen.

'Wat zeg je?'

'Wij drinken jenever,' herhaalde ik. En ik nam gauw nog een slok.

'Ja, het is geen limonade,' zei hij.

'Nee... het is geen limonade.'

De jongen keek me weer lang aan en zei: 'Je hebt nu al drie slokken genomen, neem er nog eens twee.'

'Twee,' herhaalde ik.

'Ja... of meer.'

Ik nam twee slokken, en daarna nog een. En op dat moment begon de jongen te lachen.

'Kom mee,' zei hij. Ik had de fles nog in mijn hand en ik merkte dat hij me de kamer in wilde duwen. Ik verzette me.

'Nee, ik ga niet. Ik ga niet.'

'Je bent dronken.'

'Ik ga niet, ik ga niet.' En meteen op dat moment voelde ik dat er iets in mij veranderde. Alles begon enigszins te draaien, maar ik wist dat ik niets moest laten merken.

'Je bent dronken, man. Je bent ook idioot dat je zo van de jenever ging drinken. Ik dronk helemaal niet, ik deed alleen maar alsof...'

'Hoezo niet?' vroeg ik.

'Ik nam helemaal geen slok,' zei de jongen, 'ik deed maar net alsof... alsof.'

'Wat is sof?'

'Je bent al dronken.'

'Niets.'

'Hier... niets, zeg je... je bedoelt niet.'

'Is niets waar...' De jongen begon te lachen. Ik had het gevoel dat ik mijn arm niet meer kon bewegen. En ik wreef met mijn hand over de tafel. Ik voelde zweet op mijn voorhoofd.

'Je dronk te snel.'

'Niets...'

'Nou, niet niets... heel veel,' zei de jongen.

Ik moest op een stoel gaan zitten. Ik wilde een stoel.

'Dat wordt straks kotsen.'

Op dat moment kwam Truusje de keuken binnen. Ik zag opeens dat ik de jeneverfles nog vasthield.

22

Truusje zag mij met de jeneverfles en begon meteen te huilen.

'Nu worden mijn ouders erg boos, en dat is jouw schuld!' zei ze, en ze wees daarbij naar mij.

'Ik... niets... want hij...'

'Hij is dronken,' zei de grote jongen, 'hij heeft die halve fles jenever in zijn muil gekieperd.'

'Ga weg... je moet weg... ga weg!' huilde Truus.

Ik was inmiddels op de grond gaan zitten. Er kwamen andere jongens en meisjes de keuken binnen.

'Die klein dikke jongen heeft een halve fles jenever opgedronken. Hij zette de fles aan zijn mond en kieperde gewoon alles achterover.'

De grote jongen wees naar mij. Ik wilde gaan liggen.

'En je moet hem horen praten... Hé dikkerd! Zeg eens wat?'

Ik zei niets. Ik wilde de stoel vasthouden. En daarna de vloer, maar dat ging niet.

'Ja, die is zo zat als een aap,' hoorde ik.

'Hai... mai... gvragd...' zei ik, en ik wist precies dat ik 'hij heeft mij dat gevraagd' wilde zeggen, maar ik kon het niet meer. Ik had moeite om mijn evenwicht te bewaren, terwijl ik al op de grond zat. Ik hoorde Truusje huilen. Ik probeerde naar haar te kijken, maar ze dreef voortdurend in mijn gezichtsveld.

'Misschien wil hij een kopstoot,' zei een jongen.
'Een kopstoot?'
'Ja, jenever en bier.'
'O, zo'n kopstoot.'
'Of misschien wil hij wel een echte kopstoot.'

Ik hield nu met beide handen de stoel vast en wilde niet loslaten. Ik kon mijn ogen niet sluiten en niet openhouden. Ik moest een soort ritme zien te vinden.

'Eens even kijken of hij een kopstoot wil,' zei een jongen, en ik zag hem vaag naar voren komen. Even daarna voelde ik dat mijn haar nat werd en ik voelde koud vocht in mijn nek.

'Niet doen! Niet doen!' hoorde ik Truusje roepen.

'Ach, gewoon één biertje over hem heen, dat is goed voor hem,' zei een jongen.

'Nee, niet doen, niet doen,' zei Truusje, 'ik wil geen troep in mijn huis.'

'Zeg, kleine dikkerd, je moet dit wel opdweilen hè,' zei een jongen. Ik voelde een punt van een schoen in mijn zij, en ik wist dat ik moest opkijken en lachen.

'Hij lacht.'

'Ja... klach,' zei ik. Het kostte me moeite om te praten.

'Vind je dit leuk dan?' hoorde ik.

'Klach?' zei ik.

'Waar is een dweil?' hoorde ik toen.

'Jullie zijn niet aardig,' hoorde ik Truusje zeggen, en direct daarop: 'Ik had hem nooit moeten uitnodigen. Hij verpest mijn feestje.'

'Hij lacht, hij vindt het leuk.'

Vlak bij mij, onder de gootsteen, ging een keukenkastje open. Iemand zocht iets.

'Hier is een dweil,' hoorde ik, 'laten we die maar nat maken. Dan kan hij hier de boel schoonmaken.'

Opeens zag ik het gezicht van de jongen voor me. 'Jij gaat mooi de keuken schoonmaken. Dat heb je zeker wel begrepen.'

De jongen gaf me een klap in mijn gezicht zoals Joost ook

wel deed. Ik probeerde nog door te lachen, maar dat ging echt niet. Wel voelde ik dat ik mijn mondhoeken opgetrokken hield.

'Ja, je hebt mooie scheve tanden, en je gaat maar mooi de boel hier dweilen, heb je dat begrepen?'

'Hi... jea...' zei ik. Ik probeerde vriendelijk te kijken, maar het leek of ik geen beheersing meer had over mijn gezichtsspieren. Toen voelde ik een natte lap in mijn gezicht die ontzettend stonk. De lucht werd in een ogenblik onverdraaglijk. Iemand zette de dweil zelfs op mijn neus en probeerde tegelijkertijd in mijn neus te knijpen. Ik hoorde gelach, dat was goed.

'Dweilen jij,' hoorde ik.

Maar ik kon niets zien, want de dweil zat helemaal over mijn hoofd heen. Toen werd de dweil van mijn hoofd getrokken. Ik probeerde adem te halen.

'Zijn bril klettert op de grond,' hoorde ik. En inderdaad miste ik mijn bril. Nu zag ik niets meer. Ik probeerde met mijn handen mijn bril te zoeken, maar ik kon van duizeligheid de stoel niet loslaten. Ik moest iets vasthouden.

'Misschien stap ik wel op de bril,' hoorde ik. Er werd gelachen.

'Ja... ja...' riep ik.

'Niet doen, niet doen!' zei Truusje.

Even hoorde ik niets, toen kwam de dweil weer in mijn gezicht. De vieze lucht was nu nog erger. Ik was misselijk, en de misselijkheid nam toe. Ik kokhalsde en opeens kwam de kots in mijn mond en braakte ik. Ik probeerde het nog wel tegen te houden, maar dat ging niet. Het kwam er in een golf uit, met een geluid dat ik van mezelf niet kende.

'Getver!' zei iemand geschrokken. En daarna kwaad: 'Getverderrie, zeg!'

Ik merkte dat de mensen om me heen achteruit deinsden. Er kwam nog een golf. Ik hield me stevig vast aan de stoelpoten en de kots kwam op mijn kleren terecht.

'Haal die dweil van zijn hoofd.'

Iemand trok de dweil weg, maar trapte daarbij mijn bril stuk.

'Ik kon er niets aan doen,' zei iemand.

'Gft nie,' zei ik, maar er kwam meteen weer een golf overgeefsel. Ik hoorde water lopen. En even later voelde ik een plens water over me heen. De pan waar het water in had gezeten, bonkte per ongeluk tegen mijn hoofd. Van ver hoorde ik de stem van Truusje.

'Hij is dronken... O... wat erg.'

'Wat is daar erg aan?' vroeg een meisje.

'Mijn ouders...' zei Truusje.

Ik dacht aan haar zusje. Dood voelt zo, dacht ik. Maar haar zusje had heel rustig in het bed gelegen. Iedereen die dood was, was altijd heel rustig. Ze stonken ook niet. Er was geen reden om duizelig te zijn. En niemand lachte.

Als ik mijn ogen goed dicht hield, kon ik Truusje en haar dode zusje goed zien. Iedereen was rustig. Men zou zelfs huilen, wist ik... ja, men zou zelfs huilen. Truusje zou ook huilen als ik dood was, en niet meer kwaad zijn.

De deurbel ging – en even later was ik alleen in de keuken. Ik liet me vallen en kwam voor een deel in mijn eigen overgeefsel terecht. Maar ik lag nu tenminste languit. De duizelingen werden iets minder, net als de misselijkheid die enigszins beheersbaar leek.

Ik was alleen.

Maar niet lang.

De deur van de keuken ging open en ik hoorde de stem van Joost.

'Wat heb je nou weer gedaan, Tjon.'

23

'Wie heeft dit gedaan?' vroeg Joost.
'Hij zelf, hij zelf heeft dit gedaan,' zei een jongen.
'Dit heeft hij niet gedaan, Henk, heb jij dit gedaan?' De stem van Joost was scherp en blijkbaar kende Joost de jongen. Ik kon Joost nog niet goed zien. Als ik mijn ogen opendeed, dreef hij weg en werd ik misselijk.
'Waar is zijn bril?'
'Die is kapot.'
'Kapot? Hoe kan dat?'
'Iemand heeft er per ongeluk op gestaan.'
De stem van Joost werd harder: 'Iemand heeft dus per ongeluk op zijn gezicht gestaan?'
'Nee... zijn bril viel van zijn hoofd en toen stapte er per ongeluk iemand op.'
'Zijn bril viel zomaar per ongeluk van zijn hoofd en toen stapte er ook nog eens per ongeluk iemand op?'
Het werd stil in de keuken. Ik rook nu mijn eigen braaksel. Bijna op datzelfde moment voelde ik dat iemand mijn gezicht schoonveegde. Ik deed een oog open: het was Joost. Hij had zich voorovergebogen en met een handdoek veegde hij mij schoon.
'Wat heb je gedronken?' vroeg hij.
'Jegevé,' zei ik, 'Jee ge ffe ee.'
'Waarom, Tjon?'

'Ja, en hij heeft het gestolen, want ik had gezegd dat er geen sterkedrank gedronken mocht worden. Dus hij heeft het gestolen.' Het was Truusje.

Het lukte me mijn ogen langer open te houden. Ik zag nu allemaal jongens en meisjes om me heen staan. Joost was bezig een washandje nat te maken. En daarmee maakte hij mijn gezicht schoon.

'En hij heeft mijn feest verpest. Helemaal verpest!' zei Truusje. Ik dacht dat Joost wat terug zou zeggen, maar hij zweeg. Toen begon Truusje te huilen.

'Ik weet zeker...' zei Joost ineens hard en fel, 'dat jullie hem hebben gepest.'

'Nee... nee... dat hebben we niet gedaan.'

Op dat moment begon ik me af te vragen wat Joost hier eigenlijk deed. Het was nog vroeg. Er moest nog worden gedanst. En we zouden misschien nog spelletjes doen. En Joost was niet uitgenodigd. Die kende Truusje nauwelijks.

Ik voelde dat Joost zich naar mij toe boog.

'We moeten naar huis,' zei hij. Ik wilde hem vragen waarom, maar kon het niet.

'Kan je lopen?' vroeg hij.

'Ng nee...'

'Wat zeg je?'

'Ng... neeh... nweeh... Ng!neeh!'

'Probeer het eens.'

Maar ik kon niet. Toch wilde ik mijn best doen. Ik hield mij vast aan de stoelpoot en gleed met mijn handen omhoog tot ik bij de zitting kwam. Toen trachtte ik mij omhoog te trekken, maar de stoel gleed weg.

Ik voelde Joosts arm onder mijn schouder en ik kon me oprichten.

'Kom maar,' zei hij, en toen nog eens: 'Kom maar.'

Het lukte me ietsjes te lopen. Het ging zelfs beter dan daarnet.

'Heb je veel gebraakt?' vroeg Joost.

'Ja.' Ik hoorde mezelf een goed 'ja' zeggen en besloot het daarom te herhalen: 'Ja... ja... ja...'

'Je kan eigenlijk zo niet naar huis,' zei Joost.

'Worm niet... Wr... wrom niet?'

'Omdat je dronken bent...'

Joost zette mij op een stoel, en het lukte me steeds beter om mijn ogen open te houden. Het was nu meer de vermoeidheid waardoor ik mijn ogen wilde sluiten. Ik zag iedereen naar mij kijken, met een enigszins verschrikt gezicht. Het leek wel of iedereen in een halve cirkel om mij heen stond.

Ik wilde zeggen dat ik best wel de platen wilde opzetten, zodat iedereen kon dansen, maar het lukte me niet. Ik wilde ook dat Joost terug zou komen.

'Jo... Jost,' riep ik veel te zacht.

'Je broer praat even met Truusje,' zei iemand.

'Ja... leuk...' antwoordde ik. Ik wilde opstaan, maar een jongen zei: 'Blijf maar zitten.'

'Ja... ha ha ha... dts het best... zittn blij-ven.'

'Ja. Blijf maar zitten. Wacht maar tot je broer terug is.'

'Jost...'

'Ja, Joost.'

'Ja... ha ha ha... hij heet Jost...' Niemand reageerde: 'Geft nikkes, hoor,' zei ik en ik lachte wat.

'Geft... niks... nikke... ss.'

De slaap trok weer door mijn hoofd heen, en ik merkte dat de duizeligheid niet helemaal verdwenen was. Ik was bang van de stoel te vallen. Kon ik me maar ergens aan vasthouden.

'Kval,' zei ik.

'Wat zegt-ie?'

'Hij zegt dat hij valt.'

'Hou hem dan vast.'

'Ja, ik niet... laat hem zichzelf vasthouden.'

'Dat is zielig,' zei een meisje dat ik niet kende en dat me niet was opgevallen. Ze kwam op me toe, pakte mijn hand en zei: 'Ik hou je wel vast, dan kan je niet vallen.'

'Neeh... nit valln.'

Ze kneep niet alleen in mijn hand, maar wreef er ook over.

Ik zou best haar held kunnen zijn, bedacht ik. Nu niet, maar wel binnenkort. Dan zou ik iets voor haar doen.

'Khebhond gred...ut water.'

'Wat zeg je?' vroeg het meisje. Ze legde haar oor vlak bij mijn mond.

'Kheb... hond... gred... ut waa... waatr...'

'Zeg je dat je een hond hebt gered uit het water?'

Ik knikte.

'Waarom zeg je dat?'

'Omdat hij dronken is, natuurlijk,' zei een jongen.

'Nou, ik hou niet van honden,' zei het meisje, 'je had hem ook mogen laten verzuipen... dan hadden we een hond minder gehad...'

Er werd gelachen. Ik probeerde mee te lachen.

'Ja... stmme hond... viss klerebeest.'

'Ja...' zei het meisje.

Hoe dronken ik ook was, ik voelde schaamte over mijn hele lichaam. Maar waar was Joost? En waarom kwam hij mij van het feest halen?

Opeens stond Joost voor me.

Achter hem zag ik Truusje, die nu niet kwaad meer leek, maar geschrokken. Ze leek nu heel erg op haar zusje, dacht ik, zoals die in bed had gelegen.

Op het moment dat Truusje mij zag, begon ze te huilen, maar dit keer geen vervelende opmerking, ze liep op me toe en omhelsde me.

'Het spijt me, Tjon... Het spijt me, het spijt me...'

Ik kon haar ruiken. Ze rook mooi... Mooi zoet.

Ik wist niet waarvan ze spijt had, maar ik vond het goed.

Toen nam Joost me mee.

'Kom... we gaan even naar de slaapkamer, Tjon.'

24

'Tjon, waarom ben je nu dronken?'

Ik was beducht op een gemene val van Joost, omdat hij aardig was.

'Ben ik dronk... dronkn, dan?'

'Ja, je bent dronken.'

'Hoe komt dat?' vroeg ik. De woorden kwamen er makkelijk uit. Ik voelde dat ik verstaanbaar was.

'Omdat je te veel alcohol hebt gedronken.'

'Wt gebeur... t... er dan?'

'Dit... zoals je je nu voelt... Je voelt je ziek, je hebt moeite met praten, je praat met dubbele tong en je voelt je beroerd.'

'Dat... lig je.'

'Wat zeg je?'

'Dt.. lieg... lieg je.'

'Nee, Tjon, dat lieg ik niet.' Joost stond op, legde even zijn hand op mijn hoofd, trok die weg en begon door de kamer te lopen.

'Verdomme, verdomme, verdomme!' riep hij. 'Verdomme, verdomme.'

Ik keek hem aan. Ik was inderdaad fout geweest. Hij moest maar met me doen wat hij wilde.

'Ja... Ja... ht... spijt... spijt me... Josst... Heel ergg.'

Hij mocht me best slaan. Op m'n hoofd. Dat was niet erg. Maar dat deed hij niet.

'Ik ben niet kwaad op je!' zei Joost.

Dit kon de gemene val inluiden. Ik moest op mijn hoede zijn.

'Je... je klinkt... kw... kwaad.'

'Ik ben ook kwaad, maar niet op jou...'

'Maar... ik ben... de... hoe heet het... dronken.'

'Ja... je bent op een leeftijd dat je zulke dingen doet... Daarover ben ik niet kwaad.'

Ik keek hem aan, maar hij meed mijn blik. Ik moest rekening houden met een uitval. Zomaar een klap, om iets geheel onverwachts.

'Ik ben kwaad... heel kwaad... maar niet op jou,' zei Joost, en toen keek hij mij wel aan, en herhaalde: 'Maar niet op jou!'

'Je... bent wl kwaad.'

'Ja... ik ben kwaad... maar niet op jou!' Joost zei het luid.

'Ben je... hoe heet het... kwaad op... Te... Truusje?'

'Nee, Tjon... ik ben ook niet kwaad op Truusje.'

'Je... bent niet kwaad op... mij, maar... ben... ben je... dan ke... kwaad op Tjon.' Ik vond dit heel goed bedacht. Want niet ik was dronken, maar Tjon was dronken. Joost gebruikte dat vaak: 'Iemand die Tjon heet moet een klap voor zijn kop krijgen. Wie heet er hier Tjon?' Vaak zei ik dan 'ik', omdat ik het begin van de zin niet goed had gehoord.

'Ik ben niet kwaad op jou, ik ben niet kwaad op Tjon, ik ben niet kwaad op Truusje, ik ben gewoon kwaad. Heel erg kwaad. Want er is iets gebeurd, Tjon.'

'Er is iets gebeurd.'

'Ja, er is iets gebeurd.'

Opeens leek het alsof de slaap bezit van me nam en ik er weerloos tegen was. Mijn ogen sluiten, op het bed liggen. Een kussen tegen mijn wang voelen en de deken over me heen voelen.

'Niet slapen nu, Tjon... of... maar niet hier.'

'Ik wil... nu slapen... ik ben misselijk.'

'Ik begrijp het, Tjon.'

Joost had me in mijn slaap nog nooit een klap gegeven.

Zou hij dat nu wel doen, omdat we bij Truusje waren?

Ik legde mijn hoofd op het kussen.

'Slaapn...' zei ik.

'Nee, Tjon... we moeten naar huis... we moeten naar mamma.'

'We gaan ng plaatn van Stoons draaien,' zei ik.

'Nee.'

'En wrom dan niet?'

'Omdat we naar huis gaan... Pappa is dood.'

Joost drukte zich onmiddellijk tegen mij aan.

Dit was de val! Ik wist het.

'Je liegt... liegt!' zei ik.

'Nee, ik lieg niet!'

'Je liegt wel... Pappa is gwon in het ziek... zik... zieknhuis.'

'Pappa was gek! En nu is hij dood.'

'Je liegt... liegt.'

Joost aaide over mijn wang. Ik voelde me opeens heel erg misselijk, en begon weer te braken. Het kwam van onder uit mijn maag, maar er kwam niets uit, want ik had alles al uitgebraakt.

'Je... liegt,' zei ik. Ik kreeg mijn maag niet stil, het deed pijn. Joost had me opgepakt en hield mij voor de wasbak die zich in de slaapkamer bevond.

'Dit... is... niet leuk,' zei ik, 'dit gaak tegen mamma zeggn... dat jij zegt heb dat pappa dood is...'

'Mamma zal hetzelfde zeggen, Tjon.'

'Niet.'

Ik moest weer braken, maar weer kwam er niets uit. Het was alsof mijn maag iets zocht om uit te braken, maar het niet kon vinden. Het zou niet lang duren, zo dacht ik, of ik zou mijn eigen darmen uitbraken.

'We moeten naar huis, Tjon.'

'Zeg eerst dat je geloogn hebt.'

'Ik heb niet gelogen.'

Er werd op de deur geklopt. Het was Truusje.

'Joost, er is telefoon voor je,' zei ze.

'Blijf even bij Tjon,' zei Joost en hij verliet de kamer.

Truusje keek me aan. Ik probeerde haar blik te mijden, maar dat ging niet. Als ik haar aankeek, probeerde ik te lachen.

'Ik ben niet kwaad,' zei ze.

'Ik... heb... een... hoe heet het... maille... maillade... nee, medaille... ja, medaille gekreegn, omdat ik een hond uit het waatr heb gered,' zei ik.

Ik keek hoe Truusje reageerde.

'Weet ik,' zei ze. Ik vroeg me af hoe ze dat kon weten, en schrok. Misschien had ik haar dat al eens verteld. Als ze maar geen details ging vragen, want ik was al vergeten wat ik had gelogen.

'Ze... hebbn die... hond... hond... mijn naam gegeevn.'

'Leuk,' zei Truus.

Toen begon ze te huilen.

'Waarm huil... je?'

'Omdat je vader dood is,' zei Truus, 'dat vind ik zielig.'

'Dode mensen... voeln... niks,' zei ik, en ik wilde lachen, maar daarvoor was Truusje te veel aan het huilen. Ik sloot mijn ogen. Het was misschien wel waar. Mijn vader dood. Ik dacht erover na. Ik probeerde me mijn vader voor de geest te halen, maar dat lukte niet. Hoe zag hij eruit? Ik wist hoe hij eruitzag, maar ik zag hem niet. Ik wilde naar mijn moeder. Mijn vader was waarschijnlijk weggegaan. En ze konden hem niet vinden. Joost had gezocht en was hier terechtgekomen, bij Truusje. Omdat pappa natuurlijk naar mij op zoek was. Ja, pappa was naar mij op zoek, en dus was Joost hier. Maar, hoe wist pappa dat ik hier was? O ja, van mamma gehoord natuurlijk. En waarom wilde hij dan naar mij? Om te zeggen dat ik niet moest roken en drinken, vermoedelijk.

Ik voelde nog dat ik werd opgepakt en in een auto werd gezet.

25

Ik werd midden in de nacht wakker, in mijn eigen bed, doordat mamma mij kuste.

"'t Is beter zo,' zei ze, en ik viel weer in slaap. Wel merkte ik vaag dat ik werd opgepakt.

's Ochtends werd ik naast haar wakker.

Ze sliep niet, maar keek me aan – het was of haar ogen me wakker hadden gemaakt.

'Hoofdpijn,' zei ik.

Ze knikte.

'Is pappa echt dood?' Weer knikte ze. Ik deed mijn ogen dicht en viel weer een uur in een droomloze slaap. Toen ik daarna wakker werd, lag ik in mijn eigen bed. En weer keek mamma me aan.

'Kom, kleed je aan, we gaan naar pappa kijken,' zei ze.

'Ik wil niet,' zei ik.

'Het is beter van wel, schatje.'

'Is Joost er ook?'

'Joost is er al.'

'Waarom mocht hij eerst?'

'Joost moest wat dingen regelen.'

'Ik kan ook regelen.'

'Ik wilde dat jij bij mij bleef... jij moet mij steunen.'

'Gaan we naar een kerk?'

'Hoe kom je daar nu bij?'

'Omdat meester Braks ook in een kerk was.'

'Wij zijn niet gelovig. Wij hebben het kamp meegemaakt,' zei moeder.

'Dus pappa wordt niet in de kerk begraven.'

'Wat bedoel je?'

'Hoe wordt pappa begraven?'

'Pappa wordt niet begraven, we gaan hem cremeren. Dan wordt zijn lijk verbrand en zijn as wordt verstrooid. Dat is mooier.'

'Net als in de gaskamers van Daafje?' vroeg ik.

'Wat bedoel je, Tjon?'

'De familie van Daafje werd in gaskamers...' Ik wist niet of ik het verhaal goed zou vertellen, en misschien beging ik wel een blunder. 'Dat er... dus gas uit de douches kwam, en dat staken ze aan, en dan verbrandde iedereen, en dan was er as, en dan had je er geen last meer van.'

Moeder omhelsde me.

'Nee schat... dat is allemaal anders... Dit was pappa's wens... Hij wilde gecremeerd worden. Dat is anders. Hij gaat in een kist. We zullen hem straks in een kist zien liggen. En dan gaat hij met die kist in een oven, en daar wordt alles as, en die verstrooien wij dan op een plek waar pappa van hield.'

'Indië,' zei ik. 'Gaan we dan naar Indië? Daar wil ik niet heen.' Ik huilde bijna. Indië – daar wilde ik nooit aan denken. Ik had er plaatjes van gezien. Het was er vies. Er waren onbekende beesten. En volwassenen waren altijd lang van huis. Ook was daar altijd oorlog.

'Nee, dat kan dus niet. Hier... ergens.'

'Maar pappa hield toch van Indië?'

'Ja... maar... hij hield ook van Holland en andere dingen.'

'Van wat dan?'

'Van jou, van Joost... van mij...'

'Waarom is hij dan dood?'

Moeders gezicht verstrakte.

'Omdat hij niet meer leven kon.'

'At hij niet genoeg?'

'Nee... hij wilde... kon niet meer eten.'

'Dan kan je hem toch dwingen, pappa zei vroeger ook tegen mij "eet je eten op".'

'Dat kon hij niet meer verstaan.'

'Was hij doof?'

'Ja.'

'Maar hij kon toch goed horen?'

'Maar hij hoorde het niet.'

'Dus hij is van de honger gestorven... net als mensen in het kamp... maar toen bleef pappa leven...'

'Ze hebben hem eten gegeven.'

'Waaraan is hij dan gestorven?'

'Hij wilde en kon niet meer.'

'Dan hadden ze hem toch straf kunnen geven.'

'Pappa... heeft zich van het leven benomen.'

'Op school geven ze ook altijd straf als je iets niet doet.'

'Nu weet je het, Tjon... praat er maar niet over.'

'Wim van Elst pakte zijn boeken niet uit het kastje en toen kreeg hij straf. Dat werkt wel, mam.'

'Tjon...'

'Ik ben ook bang voor straf. Echt waar. Als jullie mij straffen ben ik ook bang.'

Ik moest aan het woord blijven.

'Ik denk dat straffen goed is. Want soms heb je geen zin. Dan ben je moe. En dan moet je even gestraft worden. Weet je wel met Bor, die hond van Kees. Nou, als die gepoept had in huis, dan kreeg hij ook straf. Dus dan poepte hij niet meer in huis.'

'Alsjeblieft, Tjon,' zei mamma.

'De jap strafte jullie toch ook? Pappa heeft zelf gezegd dat hij vaak door de jap gestraft is. Dat hadden ze toch in het ziekenhuis ook kunnen doen? Ja. Ze hadden pappa moeten straffen.'

'Kleed je alsjeblieft aan, Tjon,' zei mamma, 'andersom je broek, Tjon.' Ik probeerde te denken.

'Jij bent toch ook gestraft door de jap... dan deed je toch wat hij wilde...'

Mamma zei niks meer.

'Straffen is niet leuk, dat is waar. Maar soms moet het. De jap heeft jullie te veel gestraft, en daarom zijn jullie nog ziek. Maar het helpt wel.'

'Tjon... zeg alsjeblieft niks meer.' Maar ik moest praten.

'Wij zouden nu de jappen moeten straffen. Mamma... wij zouden nu de jappen moeten straffen...'

Mamma wendde haar gezicht af. Ik probeerde te denken, maar ik kon niet.

'Meester Braks dus,' zei ik opeens. Ik zocht de ogen van mijn moeder. Ik had het idee dat ze indringend naar me keek.

'Net als meester Braks, mam?'

'Ja...'

'Maar die was in de kerk.'

'Die was katholiek. Wij geloven niet in God.'

'Nee... want God had pappa niet laten...' Ik wilde zeggen dat God pappa niet had laten doodgaan, maar tegelijkertijd besefte ik dat het omgekeerde ook weleens het geval zou kunnen zijn. Juist omdat pappa niet in God had geloofd, was hij gestorven.

'Mamma... geloof jij in God?'

'Nee, want God bestaat niet.'

'Maar als jullie wel in God hadden geloofd, dan had God misschien gezegd: "Pappa, blijf leven."'

'Nee, dat is niet zo.' Mijn moeder boog zich voorover. 'Je hebt je schoenen verkeerd om en je hemd binnenstebuiten. Wacht, ik help je wel, lieve schat.'

Ik vond dat mamma te weinig huilde. Ik begreep zelf ook niet waarom ik niet huilde. Ik moest alles nu goed in de gaten houden. Wie dingen deed die niet goed waren, moest gestraft worden. Anders liep alles verkeerd af. Ikzelf moest misschien ook wel gestraft worden voor het feit dat ik niet huilde. Ik moest verdriet hebben. Ik moest mezelf straffen, maar dat kon niet aan de hand van mamma. Ik zou tot we bij pappa waren mezelf dwingen te denken aan meester Braks in zijn kist en Elsje in haar bed. Hoewel... Als Elsje en Braks op tijd waren gestraft, leefden ze misschien ook nog.

Ik moest straffen... Ik moest mensen straffen die schuldig waren...

26

Wie was er schuldig?

Mamma pakte mijn hand, en ik wilde eigenlijk niet dat de mensen ons zo zagen, maar ik durfde haar ook niet los te laten.

De doktoren die pappa hadden laten doodgaan waren schuldig. Maar hoe kon je die schuldig verklaren als ze ook hadden geprobeerd pappa te genezen? Ze hadden misschien wel medicijnen gegeven, maar pappa niet gestraft.

'We gaan met de tram, Tjon.'

Misschien was mamma wel schuldig. Maar die had pappa onmogelijk kunnen straffen, omdat ze te veel van hem hield. Mamma strafte mij ook nooit, omdat ze veel van mij hield. Terwijl zij ook wel wist dat ik soms dingen deed waarvoor ik straf verdiende. Joost had pappa kunnen straffen, maar dat was natuurlijk raar. Een zoon gaat z'n vader niet straffen. Ik was ook schuldig, want ik had ook moeten straffen, maar ik wist niet dat pappa niet wilde eten. En dat hij niet luisterde. En dat hij dood wilde. Hoe kon ik dat weten? En daarbij... Ik...

'Tjon, je moet echt meteen de tram in stappen... we nemen de volgende wel.'

Iedereen was dus schuldig, maar ook niemand. Doktoren niet, mamma niet, ik niet. Pappa zelf natuurlijk niet. Joost niet. En toch had pappa gestraft moeten worden. Ik begon te huilen. Pappa, waarom heb je niet naar huis gebeld? Dat heb ik gedaan, Tjon. Ik wilde jou spreken. En waarom wilde je mij spreken, pap? Omdat ik wist dat jij me redden kon. Ik had een paar dingen met je willen bespreken. Wat dan, pap?

'Tjon, bij de volgende halte moeten we eruit. En dan moet je niet dralen. Dan moet je echt uitstappen. Doe dat nou, alsjeblieft. Voor mij.'

Pap, als ik had gezegd dat je moest eten, had je dan gegeten? Nou, dat weet ik niet, Tjon. Dan had ik je straf gegeven, pap... O, nou, dan had ik wel gegeten. Ik wilde ook helemaal niet dood. Maar het komt door de oorlog, Tjon.

'Vertel nog eens, mam, hoe pappa eigenlijk geslagen is door de jap.'

'Niet nou, Tjon... alsjeblieft.'

De oorlog is niet voorbij hè, pap. Nee jongen, de oorlog is niet voorbij.

'Tjon, nu... nu... eruit... Zet je voeten op de tree... Nu. Vooruit! Goed zo.'

'Ze hebben toch op pappa geschoten?'

'Ik leg het je allemaal nog weleens uit, schat. Doorlopen nu...'

Je bent een held, Tjon. Ik, pap? Ja, jongen. Je bent een held. Jij bent een echte held. Net als ik. Ik ben ook een held. Dat weet je. Natuurlijk weet ik dat, pap. Jij bent een held, en ik ben ook een held. Helden zijn heel belangrijk. Omdat we helden zijn. Waarom ben ik eigenlijk een held, pap? Omdat jij alles durft. Jij durft alles. Hoor je. Jij durft alles. Jij bent een belangrijke jongen, Tjon. Jij gaat later heel veel medailles verdienen. Ik kan zelf medailles maken, pap. Dat weet ik, hele mooie. Jij krijgt ook een medaille, pap.

'Heeft pappa eigenlijk medailles?' vroeg ik.

'Nee, die...' Mamma zweeg.

'Waarom niet?'

'Nu niet Tjon... later... Daar is het rouwcentrum.'

Ik keek naar het huis dat aan de rand van het park stond. Het was een groot huis. Een huis vol met doden. Een huis vol met oude, dode mensen. Mensen die door ernstige verkeersongelukken om het leven waren gekomen, met bloed. Hun darmen lagen eruit. Ook hun ogen waren uit de kassen verdwenen. In de gang waren voetstappen van bloed. Sommige doden hadden nog maar een paar ledematen. Anderen, die bijvoorbeeld onder een vrachtwagen waren terechtgekomen, waren helemaal plat. Er waren natuurlijk ook oorlogsslachtoffers. Die hadden verbrande gezichten. Of lichamen met stukken eruit. Ze hadden kogelgaten in hun hart. Misschien lagen er lijken onder de Nederlandse vlag. Er waren losse hoofden. Zonder lichaam. Maar ook lichamen zonder hoofden. Lichamen van kinderen... Maar er waren natuurlijk ook doden door ziekten. Door erge ziekten. Ziekten opgelopen door dieren, uit Indië of Nieuw-Guinea, door slangen of insecten. Die gingen in je bloed zitten, en aten je vanbinnen leeg. Op een dag vraten ze je hart aan en dan was je dood. Maar dan was er nog genoeg lichaam over om door te eten, en dan aten ze net zo lang tot ze heel groot waren. Dan werden die insecten heel groot, net zo groot als het lichaam en dan sprong het lichaam open, en dan lagen er overal maden, zoals bij dode vogels die ik vaak heb gezien. En...

Ik kotste. Ik kotste, terwijl ik niets in mijn maag had. Ik werd ook duizelig en dacht dat ik flauw zou vallen.

'Lieverdje, lieverdje...' zei mijn moeder.

'Ik wil pappa niet zien,' zei ik.

'Hij is niet eng... hij is mooi,' zei mamma.

'Waar zijn de andere doden?'

'Er zijn geen andere doden.'

'Maar er zijn toch een heleboel doden gevallen in de oorlog?'

'Ik hou je hand vast, Tjon.' Mamma veegde met haar natte zakdoek mijn mond schoon.

'Pappa was toch... oorlogsslachtoffer?'

'Denk daar nou maar niet aan... En je moet je hand uit je broek halen, Tjon... En dan niet aan je neus en in je mond, Tjon... bah.'

Ze ging meteen met me naar de wc en daar waste ze me met een handdoek. Ik moest ook mijn handen wassen.

Ik kon misschien met melkdoppen en zilverpapier en een Engelse munt of een gulden een medaille voor pappa maken.

'Dan krijg je die van mij, pap.'

'Dat vind ik fijn, Tjon.'

'Omdat je een held bent. Een oorlogsheld. Omdat je oorlog hebt gevoerd, pap. Ik ga ook oorlog voeren. Ik ga tegen de jappen vechten! Want de jappen hebben jou gestraft, terwijl je toen niet gestraft moest worden, en daardoor hebben ze jou vermoord.'

'Zo is het, Tjon.'

'Maar toen het nog oorlog was, pap, toen heb jij enorm gevochten. Iedereen was bang voor je.'

'Dat klopt. Iedereen was bang. Ik was niet bang. Ik was moedig. Ik was heel moedig. Net als jij, Tjon.'

'Maar de jappen namen je gevangen, en toen kwam je in het kamp.'

'Ja, in het kamp heb ik me ook als held gedragen, Tjon.'

'Ik ga je een medaille geven, pap. Als ik straks weer thuis ben, neem ik melkdoppen of zilverpapier en die wikkel ik dan om een munt. Dan heb je een medaille. En dat is niet kinderachtig. Echt niet. Het is namelijk een echte medaille. En daar kras ik dan je naam in met ballpoint, en die krijg je dan. Van mij.'

Opeens stond Joost voor ons. Hij keek nauwelijks naar mij.

'En?' vroeg mijn moeder.

Mijn broer leek te lachen.

'Ze hebben z'n overhemd en z'n jasje helemaal over z'n nek en z'n keel gedaan. En een sjaaltje... Dat is niet van hem.'

'Is-ie mooi?' vroeg ik aan Joost.

'Wie? Pappa?'

'Dat zei mamma.'

Joost en mijn moeder wisselden een blik.

'Haal je hand uit je broek, Tjon...' zei Joost, '... dat kan hier niet... en niet meteen je hand in je mond stoppen.'

Joost had het ook moeilijk. Dat zag ik. Ik zou voor hem ook een medaille maken. Net als voor mamma. Ikzelf hoefde geen medaille.

'Kom,' zei mamma.

We gingen naar binnen.

Daar lag pappa in zijn kist. Ik deed een plas, en voelde het warme vocht langs mijn benen lopen.

27

Mamma waste me op de wc van het rouwcentrum, terwijl Joost eropuit gestuurd werd om thuis een nieuwe onderbroek en broek voor me te halen.

"t Geeft niet,' zei mamma.

Ik wilde voor pappa ook een heldenlied maken. Dood de jap, steek ze neer, dat doet geen zeer, geef ze een muilpeer, dood ze nog een keer. Steek hun ogen uit, met een bajonet, steek ze neer, en knal ze neer, met een pistool, en... en bombardeer ze met een vliegtuig.

'Mam... mag ik een pistool?'

'Tjon, je bent dertien, bijna veertien...' Ze keek me aan en vervolgde: 'Of bedoelde je een echt pistool?'

Ja, natuurlijk bedoelde ik een echt pistool. Maar van een mooi speelgoedpistool zou ik misschien een echt pistool kunnen maken.

'Waarom wil je dat, Tjon?'

Mamma keek me bedroefd aan.

'Om... jou te beschermen, mam...' zei ik, 'tegen Japanners en andere oorlogsinvaliden.'

'Oorlogsinvaliden?'

'Ja, oorlogsinvaliden.'

'Waarom oorlogsinvaliden?'

Ik voelde aan dat ik dit moeilijke woord verkeerd had gebruikt. Wat bedoelde ik eigenlijk? Ik bedoelde geen oorlogsslachtoffers, maar mensen die oorlog wilden. Oorlogsinvaliden... Of heten ze anders?

'Oorlogsinvaliden... die willen toch oorlog?'

Mijn moeder ging er niet op in.

'Kom, ik moet je billetjes ook nog even wassen.' Ik moest me vooroverbuigen en mamma maakte me schoon met een handdoek en wc-papier. Ze deed er lang over, omdat ze wachtte op Joost.

'Ik hoef pappa niet meer te zien, hè mam?'

'Nee, lieverd.'

'Ik wil hem misschien nog wel één keer zien, maar niet vandaag, hoeft niet, hè?'

'Nee, schat.'

'Nee, dat is niet verstandig,' zei ik.

Joost kwam binnen. Hij had een onderbroek en een pyjamabroek meegenomen. Mamma was kwaad op hem, maar ook weer niet.

'Hij kan toch niet met een pyjamabroek over straat... in dit weer?'

'Ik zag geen andere broek van hem en ik ga nu naar pappa kijken.'

Er kwam een oude vrouw de wc binnen van wie ik schrok. Ze huilde. Ze ging naar de wc en even later keerde ze terug. Ook een oorlogsslachtoffer, wist ik. Mamma deed mij mijn pyjamabroek aan en leek na te denken. Ze had pijn, dat kon ik zien. Oorlogspijn. Ik moest iets zeggen dat haar zou troosten. Beter was om iets te doen wat haar zou troosten.

'Waar gaan ze pappa begraven?' vroeg ik.

'Pappa wordt gecremeerd, Tjon. Op Zorgvlied, bij opa,' zei mamma. Ik kende opa niet. Het was misschien geen goed idee. Het was misschien beter om pappa in de tuin te begraven. Of in een kerk. Daar was het heilig. Ik wist dat mamma en pappa niet in God geloofden, maar stel nu eens dat God wel bestond, dan konden we pappa beter gewoon in een kerk neerleggen. Je kon toch beter het zekere voor het onzekere nemen.

'We nemen een taxi terug,' zei mamma toen Joost weer in het toilet kwam.

'Ik heb pappa's das gestrikt en die sjaal afgedaan,' zei Joost.

'Dat is fijn,' zei mamma.

'Heb jij aan de dode gezeten?' vroeg ik aan Joost.

'Ja... De dode heet pappa, Tjon.'

'Is dat niet giftig?'

'Nee, Tjon.'

'Doden zijn toch giftig?'

'Niet meteen.'

'Er is lijkvocht,' zei ik.

'Waar praat je over!' zei mamma.

Ik begon te huilen. Ik moest iets verstandigs en aardigs zeggen, en dus zei ik door mijn tranen heen: 'Ik wil niet dat Joost ook doodgaat door giftig lijkvocht.'

'Misschien ga ik wel dood,' zei Joost, 'en?'

'Hou op,' zei mamma.

Joost hield op en keek mij aan, en fluisterde toen: 'Ik heb pappa gekust, omdat ik van hem hou. Ik heb zijn dode hoofd gekust. Jij niet!'

Ik voelde weer aandrang om te plassen, maar moest niet.

'Ik ga pappa ook kussen,' zei ik.

Op dat moment begon mamma te snikken.

'Het spijt me, mam,' zei Joost, 'maar Tjon...' Hij wilde iets zeggen, maar liet het na. Joost was misschien toch wel een held. Hij moest in ieder geval zo genoemd worden. Tenslotte was hij nu de oudste.

Opeens zag ik pappa weer voor me zoals hij in de kist lag. Ik probeerde de gedachte aan hem te verdrijven.

'Ik zal aan drie volksliederen denken voor je, pap, want je bent een echte soldaat.'

'Dat is goed, Tjon. Maar jij, Tjon, bent ook een echte soldaat.'

'Dat klopt, pap.'

'Je moet strijden, jongen. Strijden voor het land.'

'Dat zal ik doen, pap. Ik zal vechten, en ik zal wraak nemen.'

'Dan moet je moedig zijn, Tjon.'

'Ja, moedig zal ik zijn, pap. Ik zal alle vijanden doden. Eén voor één. En bij elke dode zal ik zeggen: "Uit wraak voor mijn vader." Of ik zal zeggen: "Omdat jullie mijn vader hebben gedood."'

'En als je weer een gevoelentje hebt dat je een plasje moet doen of een poepje, moet je me waarschuwen hè,' zei mamma.

Ze zei de verkeerde woorden, waar ik van walgde. Maar ik knikte. Ze kon het niet helpen. Ze had geen man meer. Ik had geen vader, maar mamma geen man. Dat was erger.

'De taxi staat voor,' zei Joost die uit het raam keek.

'Ik ga nog even naar pappa,' zei mamma. Ze keek naar mij: 'Ga je mee, Tjon... of durf je niet?'

Mamma kon beter ook niet gaan, in verband met het lijkvocht. Omdat ze droevig was, nam ze de juiste maatregelen niet in acht, en zou ze te ver gaan.

'Ga je... pappa een kus geven?' vroeg ik.

'Ja, Tjon,' zei mamma.

Ze wachtte.

'Nee, ik ga niet mee... Ik ga voor pappa bidden,' zei ik.

'Bidden?' zei Joost. 'Doe niet zo mal, idioot. Wij geloven niet in God. Gaat-ie bidden! Ga naar pappa, kom!'

Ik geloofde ook niet in God, maar wat was er fout aan om voor pappa te bidden?

'Laat maar,' zei mamma. Ze keek Joost aan. 'Gaan jullie maar alvast naar de taxi.'

28

Joost en ik schreven de adressen op de rouwkaarten. Joost verbeterde wat ik had geschreven. Er was geen dreiging.

'De e moet altijd de andere kant op, als je dat bedenkt als je de e schrijft, gaat het een stuk beter,' zei Joost, 'en dat geldt ook voor de h, Tjon.'

Ik deed mijn best.

Mamma was er niet.

'Waar is ze?' vroeg ik aan Joost.

'Mamma is bezig een nieuwe vader voor je te zoeken,' zei Joost.

'Niet waar,' zei ik.

Joost zweeg. Hij keek serieus. Ik zag pappa voor me, hoe die mamma soms kuste.

'Wat voor vader?' vroeg ik.

'Een grote, strenge man,' zei Joost, 'ik heb mamma horen praten over een jap. Maar misschien wordt het een Duitser.'

'Nu geloof ik je niet,' zei ik.

'Dan geloof je me niet, maar het is wel waar.'

'Mamma is zelf slachtoffer geweest van de Japanners.'

'Daarom zoekt ze nu een strenge jap. Omdat het nu vrede is. Dus niet meer gevaarlijk. Maar jij hebt een harde Japanse hand nodig. Daarom zoekt ze een jap. Die judo kent, en jou eronder kan houden, want je luistert niet.'

'Ik luister altijd.'

'Maar niet naar mij, en niet naar mamma. Jij luistert naar niemand. Maar straks zal je luisteren naar die nieuwe vader van je. Die jap. Ook al omdat mamma dan geen aandacht aan je kan besteden.'

'Wat bedoel je?'

'Nou, zoals ik het zeg. Mamma houdt nu van jou, maar als straks die nieuwe man komt, die Japanner, dan is ze daar heel erg verliefd op. Dan doet ze alles voor die man. Dan vergeet ze jou!'

'Niet waar!'

'Die man slaapt dan bij haar, en mamma gaat dan alles voor die man doen. En dan doet ze niks meer voor jou.'

'Het is dan ook jouw vader.'

'Maar ik ben volwassen en geestelijk in orde. En jij niet.'

Ik keek naar Joost. Rustig schreef hij de adressen op.

'Het is allemaal een leugen,' zei ik.

'O ja? De enige die altijd liegt ben jij!' Z'n woorden klonken hard.

'Mamma is niet op zoek naar een andere man.'

Joost knikte. 'Oké... je wilt de waarheid toch niet horen.'

Zo deed Joost altijd. Hij zei dat hij de waarheid ging zeggen, maar dat was alleen maar om mij nieuwsgierig te maken.

Ik probeerde hem recht in zijn ogen te kijken, en hij liet dat ook toe.

'Wat is er?' vroeg hij, 'wil je de waarheid horen of niet?'

'Jij liegt.'

'Dan denk je toch dat ik lieg, kan mij wat schelen,' zei Joost, 'of ik zeg gewoon niks. Nog beter. De waarheid die ik namelijk te vertellen heb, is ook niet geschikt voor jou.'

'Hoe kan je dat nou weten als je nog niets hebt gezegd?'

'Omdat ik weet wat die waarheid is... en als ik die heb verteld, dan ga jij weer heel erg huilen, of in je broek plassen, zoals je dat ook in het rouwcentrum hebt gedaan.'

'Dat deed ik omdat ik opeens ziek was geworden.'

'Omdat je een klein kind bent.'

Joost leek boos op me. En ik vroeg me af waarom hij boos was geworden. Het leek me beter nu helemaal te zwijgen.

'Dus je wilt de waarheid, de echte waarheid niet horen?' Joosts stem klonk nu weer normaal.

Ik zweeg.

'Nou... de echte waarheid over mamma zal ik jou dan niet vertellen. Maar wat zal jij schrikken als je erachter komt.'

'Jij liegt altijd over mamma. Ook dat ze ziek was,' zei ik.

'Ze is ziek, maar mamma en ik hebben besloten... ach, dit is veel erger wat ik je te vertellen heb, maar ik kan er maar beter over zwijgen... je bent er nog te jong voor.'

'Zeg het dan?'

'Ik durf het niet te zeggen,' zei Joost.

'Dan ben je laf... lafaards durven nooit iets te zeggen,' zei ik.

'Goed,' zei Joost, 'ik zal het je zeggen, maar alleen omdat ik geen lafaard ben... en ik vind het vreselijk het je te moeten zeggen.'

'Je liegt toch.'

'Moet ik het je wel of niet vertellen?!'

'Vertel dan...'

Joost schreef langzaam een kaart.

'Zie je wel, je durft niet,' zei ik.

'Ik durf wel... goed, dan moet je het zelf ook maar weten.' Joost haalde diep adem en zei: 'Je weet dat pappa zelfmoord heeft gepleegd. Pappa heeft zelf een einde aan zijn leven gemaakt.'

'Vanwege de oorlog!' riep ik.

'Ja... maar ook vanwege iets anders.'

Joost leek weer niet van plan het te zeggen. Mijn been begon van spanning te trillen.

'Zeg dan!' zei ik.

'Pappa heeft dus een eind aan zijn leven gemaakt... op het moment... op het moment dat hij erachter kwam dat mamma verliefd was op iemand anders. Op een Japanse arts... jouw nieuwe vader!'

'Dit is een leugen. Een smerige leugen!' riep ik.

'Ja, denk dat maar,' zei Joost, 'maar waarom zou ik liegen? Pappa is toch dood? Mamma was de laatste tijd toch niet thuis? Ze was naar de man op wie ze verliefd was. Een Japanse arts... die Japanse arts was de man die pappa in het kamp zo geslagen had.'

'Dat zou mamma nooit doen!'

'Dat dacht ik ook, maar mamma zag die man en was eerst boos, maar later zag ze dat deze man veel liever was dan pappa.'

'Je liegt, je liegt!'

'Je wou het toch horen... dan moet je het ook horen. Pappa kwam in de inrichting terecht omdat hij niet goed bij zijn hoofd was...'

'... door de oorlog...'

'Door de oorlog, ja... Onder andere omdat hij door deze Japanse arts geslagen en gemarteld was. Hij was een oorlogsmisdadiger. Daarom vluchtte hij. Naar Nederland. Naar Amsterdam. Naar hierachter... En toen kwam mamma hem tegen. En mamma wilde hem aangeven bij de politie. Maar hij hield haar vast. En toen werd mamma verliefd op hem.'

'Hoe dan... hoe?'

'Hij deed heel lief tegen mamma. En toen begon mamma pappa te haten. Heel erg te haten. Die Japanner vertelde dat pappa in het kamp heel erg laf was geweest.'

'Niet waar!'

'Ja, pappa deed het altijd in zijn broek, net als zijn zoon. Dat zei die Japanse arts... op wie mamma steeds verliefder en verliefder werd... zo verliefd... dat ze... Maar nee, dat kan ik beter niet vertellen.'

'Je moet ophouden met liegen, ik ga dit allemaal aan mamma vertellen.'

'Doe maar... graag zelfs... maar als je het niet wil horen... mij best.'

'Vertel dan.'

'Goed. Die Japanse arts en mamma besloten toen een verschrikkelijk plan uit te voeren. Ze besloten om pappa zo gek te maken dat hij zelfmoord zou plegen. Moord dus eigenlijk, maar dan zo dat het zelfmoord zou zijn.'

'Je verzint alles!'

'Als jij dat denkt, goed... sluit je ogen en oren maar voor de waarheid, maar de waarheid is dat die Japanse arts geheime geneesmiddelen gaf aan pappa waardoor hij zich heel treurig voelde en steeds treuriger werd, en ten slotte pleegde hij daarom zelfmoord, want, Tjon, als pappa heel erg van jou en mij had gehouden, dan zou hij toch nooit zelfmoord plegen? Of wel soms?'

'Niet waar! Niet waar!'

'Ik vraag je wat!' riep Joost. 'Als pappa heel erg van jou en mij zou hebben gehouden, dan zou hij toch nooit zelfmoord hebben gepleegd!'

''t Komt door de oorlog!' zei ik, en mijn stem sloeg over.

'En door die Japanse arts, dokter Sone. Hij heeft mamma in zijn macht. Mamma doet alles voor hem. Zelfs martelen als het moet. Mamma is zo verliefd op hem. Ze is jou vergeten, als ze in zijn armen ligt.'

'Ik wil het niet meer horen!'

'Dat zei ik toch? Omdat je laf bent. Wie is nou de lafaard... maar goed, dan zeg ik niks meer, ook niet over het gesprek dat ik heb afgeluisterd en dat ging over jou.'

Altijd ging het over mij.

29

Joost had betraande ogen. Het was alsof bij de volgende zin die hij zou uitspreken, zijn tranen uit zijn ogen zouden rollen, maar dat gebeurde niet.

'Je hebt niks afgeluisterd. Die dokter Sone is hier nooit geweest!' zei ik.

'Hij is hier wel geweest, Tjon. 's Nachts... dan sliep hij in het bed van mamma... ik mocht het ook niet weten, maar ik ben erachter gekomen. Op een nacht. Ik was net naar pappa geweest. En pappa had tegen mij gezegd: "De jappen komen."'

'Dat zegt hij altijd... ook tegen mij.'

'Niet zegt! Zei! Maar nu zei pappa: "De jap komt... dat bedoel ik... de jap komt," zei hij... en pappa keek mij daarbij dreigend aan. En toen, die avond, kwam ik laat thuis, en hoorde ik gepraat in de slaapkamer van mamma... maar dat kan ik je beter niet vertellen.'

'Het is toch niet waar.'

'Daarom kan ik het ook maar beter niet vertellen. En wat er werd gezegd was ook niet voor kinderoren bestemd en zeker niet voor jouw oren.'

'Ik ben geen kind meer.'

'Dat ben je wel... trouwens, je zegt toch dat ik alles lieg, dus vertel ik het niet.'

'Lafaard... je bent zelf een jap.'

'Nu zeg ik het helemaal niet, terwijl het over jou ging.'

Ik wilde wachten tot Joost zou huilen, maar hij wendde steeds zijn hoofd af.

'Je durft het mij niet te vertellen. Dat is het!'

'Nee,' zei Joost en hield een lange pauze, 'ik durf het je inderdaad niet te vertellen.' Joost leek oprecht. Dat kon ik zien omdat hij tranen in zijn ogen had en woedend leek, maar niet woedend op mij was. Hij sprak ook rustig en niet zo gehaast als anders.

'Je bent misschien geen kind meer,' zei Joost opeens, 'maar ik weet niet of ik je dit kan vertellen... omdat ik denk dat jij niet weet wat zich afspeelt tussen man en vrouw.'

'Dat weet ik wel!' zei ik, want ik wist waar Joost op doelde. Op moppen! Op moppen over kut en lul! Die had ik inderdaad niet begrepen, maar mamma had ze mij uitgelegd en toen ook verteld hoe de seksualiteit in zijn werk ging, al was ik het meeste alweer vergeten.

'Waar doel ik dan op als ik het heb over datgene wat zich afspeelt tussen man en vrouw?' Joosts woorden klonken heel geleerd, en hij sprak expres bekakt om nog geleerder te lijken.

'Ik weet dat heus wel... dat gaat over met je pik in een kut,' zei ik, en ik hoopte maar dat ik goed zat.

'Met je pik in een kut?' zei Joost, die opeens van stemming veranderde.

'Ja... dat weet ik... zoals in moppen.'

'Zoals in moppen?' Joost leek verbaasd. Ik had blijkbaar het verkeerde antwoord gegeven.

'Nee, jij moet vertellen van mamma.'

Joost knikte. 'Misschien begrijp je er iets van, maar ik denk het niet,' zei hij, en hij ging anders zitten en begon te vertellen: 'Op een nacht kwam ik laat thuis en ik hoorde iets in de slaapkamer van mamma.'

'Ze huilde.'

'Nee, dit keer niet... integendeel... ze lachte... Ze lachte.'

'Echt?'

'Ja... ze lachte... ze was gelukkig... zo leek het wel... en toen hoorde ik de stem van een man.'

'De Japanner!'

'Precies, want het was pappa niet, want die zat in de kliniek. Het was dus die Japanner... en die sprak ook in het Japans en Engels. En ik kon het verstaan.'

'Wat zei hij?'

'Hij zei... lieve dingen tegen mamma... heel lief, maar toen hoorde ik mamma ook... en mamma zei...'

'Dat ze hem uit het kamp kende?'

'Nee, natuurlijk niet! Mamma lag in zijn armen... in Japanse armen bij de man van het kamp... en hij zei lieve woordjes tegen haar en mamma zei dat hij de stoerste en de knapste man was die ze ooit had ontmoet. Hoor je dat, Tjon?'

Ik was stil. Het is niet waar, hè pap? Ik weet het niet, jongen.

'Ja, mamma zei dat hij, die Japanse arts, dokter Sone, de knapste was, de knapste man die ze ooit had ontmoet, en ze zei dat ze heel erg van hem hield, Tjon. Ze was verliefd op hem, dat zei ze. Ze zei: "Je bent de liefste man die ik ooit heb ontmoet."'

'Maar hij heeft mamma in het kamp...'

'... sst... dat zei zij ook. "Ik weet," zei ze, "dat jij mij in het kamp hebt mishandeld en gemarteld, maar dat was uit liefde." Dat zei mamma. "En ik wil," zei mamma toen – en nu moet je goed luisteren, Tjon – "ik wil," zei mamma, "dat je nu je pik in mijn kut stopt!" Zoals in een mop, dat zei mamma.'

'Dat zei mamma?'

'Precies zo, zo zei ze het. En dat deed die Japanner toen, Tjon. Die stopte zijn pik in de kut van mamma... nee, niet je handen voor je oren houden, Tjon!'

Met een forse ruk trok Joost mijn handen van mijn oren.

'Je moet hiernaar luisteren, kleine jongen. Wees dapper. Je moet hiernaar luisteren, anders begrijp je het niet.'

'Ik wil naar mamma.'

'Mamma komt zo, dan kan je alles tegen haar zeggen, maar

je moet hiernaar luisteren, want nu komt wat ze over jou zei.'

'Over mij?'

'Ja... tegen de Japanse arts... ze zei: "Ik heb een zoon, Tjon, die is geestelijk en lichamelijk niet helemaal in orde. Hij is achter. Niet achterlijk, maar achter." Dat klopt, hè Tjon?'

Ik knikte.

'Precies... Dat zei mamma. "Hij is achter... en hij is een blok aan mijn been", dat zei ze. "Hij is erger dan pappa", dat zei mamma, "Tjon is mijn grote verdriet", zei ze. "Mijn allergrootste verdriet. Hij had eigenlijk niet geboren mogen worden, maar toen hij geboren was, zagen we al meteen dat het mis was met hem, dat hij een deuk in zijn hoofd had."'

'Dat is niet waar.'

'Nee, het is ook niet waar, maar dat zei mamma tegen die man... en ze zei: "Die deuk had z'n hersens gekneusd. En daardoor zal hij altijd achter blijven. Kunnen we hem niet op een bepaalde manier uit de weg ruimen?"'

Nu liepen bij Joost de tranen over zijn wangen.

Ik kon hem niet meer horen, want ik had weer mijn handen voor mijn oren gehouden, en ik beet op mijn lip. Het is niet waar, hè pap? Joost verzint altijd zulke verhalen. Ik weet het echt niet jongen, echt niet. Vraag het aan mamma.

Joost liep de kamer uit, en ik haalde snel mijn handen van mijn oren om te horen of hij misschien buiten in lachen zou uitbarsten. Maar ik hoorde niets. Ik was alleen met de rouwenveloppen.

Ik bleef alleen in de kamer zitten tot ik mamma thuis hoorde komen.

Ze kwam de kamer binnen en zag mij zitten. Ik zag dat ze gehuild had.

'Ik heb pappa voor het laatst gezien,' zei ze.

Ik besloot niets te zeggen en niets te vragen.

'Overmorgen is de crematie,' zei ze. Toen keek ze me aan: 'Wat is er, Tjon... Tjon? Wat heb je gedaan? Waarom heb je je helemaal met pen bekrast?'

30

Mamma waste de ballpointstrepen en het bloed van mijn gezicht en mijn armen.

'Dit doet toch pijn, Tjon?' zei ze.

Ik zweeg expres. Ik had de naam 'Sone' op mijn gezicht geschreven, en ook nog op mijn armen. Maar ze zag ze niet. Misschien had ik de letters verkeerd om gemaakt. Ik had toen ik de e schreef niet nagedacht, misschien had ik daar een fout gemaakt.

'Wat moet ik doen, pap?'

'Je kan nog niets doen, jongen.'

'Maar als het waar is, als mamma verliefd is op die Japanse kampcommandant? Dan moet ik toch iets doen!'

'Daar is nog tijd voor, Tjon. Daar is nog tijd voor.'

Terwijl mamma me schoonboende, kwam Joost de badkamer binnen. Je zag nog dat hij had gehuild.

'Hoe was het?' vroeg hij aan mamma.

'Mooi. Hij lag er mooi bij.'

'Waren er nog mensen langs geweest?'

'Mevrouw Van Dijk.'

'Mevrouw Van Dijk?'

'En er lag een condoleancekaartje van de Japanse oorlogsslachtoffers,' zei mamma.

'Van de Japanse oorlogsslachtoffers?' herhaalde Joost.

'Ja,' zei mamma.

'Van Japan,' zei Joost halfzacht. Mamma hoorde het niet, maar ik wel, en ik meende dat ik precies begreep wat hij bedoelde.

'Je moet je nu uitkleden, Tjon,' zei mamma, 'dan kom ik je goedenacht kussen.' Mamma verliet de badkamer.

Joost keek me aan.

'Niets tegen mamma zeggen over wat ik heb verteld,' zei hij. Ik knikte.

'En ik wilde je nog dit zeggen,' zei hij, 'je weet nu waarom pappa zelfmoord heeft gepleegd. Hij kon het niet aan dat zijn vrouw verliefd was op een Japanse kampcommandant. Begrijp je dat?'

'Ja.'

'Leg dan uit.'

'Pappa...' Ik zocht naar woorden. Ik begreep het wel, maar kon het niet uitleggen. Er moest iets zijn. Een verklaring. Pappa, help me.

'Het zit zo,' zei ik, 'omdat mamma dus verliefd was op die kampcommandant, was pappa daarachter gekomen, en hij dacht: nu gaat die kampcommandant mij vermoorden, omdat hij mijn vrouw wil, en ik kan hier in de kliniek niks meer doen. Dus ik kan beter dood zijn.'

'Bijna goed,' zei Joost, 'maar dit is goed genoeg. Denk daaraan... en tegen niemand zeggen, hè.'

Joost verliet de badkamer, maar vlak voordat hij de gang opliep draaide hij zich om: 'Je gulp hoort bij je lul te zitten, niet als opening voor je kont.' Hij wees naar mijn pyjamabroek.

Ik poetste mijn tanden en ging in bed liggen. Het lichtje aan. De kampcommandant Sone die zijn pik in de kut van mamma deed zag ik voor me, en hoe hij mijn moeder martelde en mijn vader wilde vermoorden. Waarom moest die pik in die kut? Dat was om kinderen te maken. Mamma wilde dus nog een kind. Een kind van een Japanse kampcommandant! Ik kon niet slapen.

'Waarom wil mamma nog een kind, pap?'

'Ik zou het niet weten, Tjon.'

Martelde Sone mamma nog? Daar had Joost niets over gezegd. Maar dat zou natuurlijk best kunnen. Maar waarom zou mamma zich laten martelen? Was ze echt verliefd op Sone? Dat zei Joost, maar hij kon het verkeerd hebben. Het was natuurlijk zo, dat Sone mamma onder druk zette. Dat was makkelijk. Namelijk door haar te bedreigen met martelen. 'Je moet alles doen wat ik wil!' had hij natuurlijk gezegd. 'Anders martel ik jou.' En mamma had natuurlijk alles gedaan om maar niet te worden gemarteld. En Sone had ook gezegd: 'Als jij niet doet wat ik zeg, dood ik je man.' En om pappa te redden, had mamma alles voor Sone gedaan. Mamma was een held, dat was zeker. Maar daar was pappa natuurlijk achter gekomen, dat ze alles voor Sone moest doen. En pappa had gedacht: mamma wordt gemarteld, want ze moet alles voor Sone doen, doet ze dat niet, dan vermoordt hij mij. Maar als ik mezelf nu vermoord, dan hoeft mamma niet meer alles te doen, en hoeft ze ook niet meer gemarteld te worden!

'Pappa, je bent een held. Door zelfmoord te plegen, heb jij ervoor gezorgd dat Sone niets meer kon doen, en heb jij mamma gered! Je bent een held, pap.'

'Maar jij kan ook een held worden, Tjon.'

'Hoe dan, pap?'

'Door te zorgen dat iedereen een held wordt, Tjon.'

Ik viel in slaap en werd wakker in het bed van mamma.

Ze was druk in de weer.

'Zo, ben je wakker, schatje?' vroeg ze. Ik zei natuurlijk niets.

'Je bed is verschoond, hoor. Maar voordat ik je terugleg, moet je eerst even naar de wc.'

Mamma bracht me na de wc naar mijn eigen bed. Het rook schoon. Ze kuste me en kroelde door mijn haar.

'Tjon... wat is er met je... zeg alles... wat je wil. Zeg wat er is.'

Maar ik kon het natuurlijk niet zeggen. Ik moest iedereen beschermen. Dat was duidelijk. Ik kon ook alleen een held worden door iedereen te beschermen. Ik kon iedereen beschermen... dat wist ik. Door mijn mond te houden, en misschien ook door dingen te doen. Ik moest gevaarlijke dingen doen. Als je gevaarlijke dingen doet, kan je een held worden, hè pap?

'Ja, jongen, maar dan moet je wel heel gevaarlijke dingen doen.'

'Het moet goed zijn voor de mensen, hè pap.'

'Ja, Tjon, het moet goed zijn voor de mensen.'

Net op het moment dat ik weer in slaap was gevallen, kwam Joost mijn kamer binnen. Hij schudde hard aan me.

'Ik keek of je sliep, maar je slaapt niet, zie ik.'

'Ik sliep wel.'

'Je praat nu toch tegen me?'

'Omdat je mij wakker schudde.'

'Dat was om te kijken of je nog sliep. Nou, je sliep dus niet.'

'Je schudde me wakker.'

'Kijk Tjon, jouw hersens zijn niet goed. Dat weet je. En daarom mag je ook niets tegen mamma zeggen. Ik wil dat je dat belooft.'

'Wat mag ik niet tegen mamma zeggen?'

'Over Sone.'

'Natuurlijk zeg ik niets.'

'Als jij iets zegt, Tjon... dan gaat mamma dood, dat weet ik.'

'Dood?'

'Ja.'

'Hoe weet je dat?'

'Dat weet ik... dat heb ik gehoord. Ik kan niet zeggen van wie... dat zou verraad zijn, en we gaan niemand verraden.'

'Ik niet,' zei ik, 'maar vorig jaar zei je ook dat mamma dood zou gaan, en toen loog je.'

Joost ging er niet op in.

'Degene die ik sprak, zei nog iets, Tjon.'

Joost sprak iets lager.
'Wat dan?'
'Hij zei... als Tjon ook maar iets zegt, gaat Tjon ook dood... dat zei hij... dus je houdt je mond!'

31

Ik moest wapens hebben, dat was duidelijk. Dat wist ik de volgende morgen. Het beste zouden vuurwapens zijn, maar ook moest ik iets hebben om mezelf te bevrijden als ik gevangengenomen zou worden.
'Wat ben je aan het doen, Tjon?' Mamma riep, en ik schrok.
'Kan ik de waarheid zeggen, pap?'
'Denk aan wat Joost heeft gezegd, Tjon.'
'Maar misschien is Joost niet te vertrouwen, pap.'
'Is hij de laatste tijd niet aardig voor je, Tjon?'
'Ja, dat is zo...'
'Niks mam,' riep ik.
'Wat zit je in jezelf te praten dan?'
Ik zweeg. Ik ging zoeken. Ik vond goede wapens: een hamer, een zaag, een vijl, een handboor en – dat was misschien wel het belangrijkste wapen – een breekijzer. Ik moest ze op strategische plekken neerzetten. Eigenlijk zou ik ook vuurwapens moeten hebben. Pistolen. Echte. Maar hele goede neppers waren misschien ook wel afdoende. Ik bekeek de pistolen die pappa in hardboard had uitgezaagd. Die leken eigenlijk helemaal niet. Het was het beste die niet te gebruiken. Ik zou naar de speelgoedwinkel kunnen gaan en daar cowboypistolen kunnen kopen. Zou dat niet kinderachtig zijn? Ik zou kunnen zeggen dat het een verjaardagscadeau voor een klein neefje was. Een kinderachtige jongen die er

nog van hield met pistolen te spelen. Ik zou dan, als ik de pistolen had, ze met verf zwart kunnen maken zodat ze net echt leken. Misschien hoefde dat niet eens. Het was misschien mogelijk, als ik de lopen van de speelgoedpistolen zou uitboren, om er echte pistolen van te maken. Maar ik was niet handig. Ik kon ook niet boren.

Ik legde mijn wapens onder mijn bed. Maar dat was nog te veel zichtbaar. Ik kon ze beter in de tuin verbergen. Misschien wel in het kleine schuurtje in de tuin, dat waarschijnlijk toch niet meer gebruikt zou worden nu pappa dood was.

Ik liep de tuin in en zag de schuur. Ik deed de deur open. Het rook er nog naar mijn vader. Mijn vader die nu een lijk was.

Dit was een uitstekende plek voor een gevangenis. Een plek waar ik gevangenen zou straffen voor wat ze de mensen hadden aangedaan.

'Wie moet ik als eerste straffen, pap?'

'Dat weet je toch, Tjon.'

'Ik moet Sone straffen, denk ik, vind je niet, pap?'

Ik stelde me voor hoe ik Sone gevangen zou nemen. Dat zou moeten gebeuren met een redevoering. Een redevoering waarin ik hem goed duidelijk zou maken waarom ik hem arresteerde. Ik zou hem zeggen dat het was voor het Nederlandse volk, en ook voor het volk van de wereld. Ik zou zeggen: 'Ik kom u arresteren omdat u straf hebt verdiend, voor wat u de mensen hebt aangedaan. Voor wat u mijn dode vader hebt aangedaan, en voor wat u mijn moeder hebt aangedaan en ook voor wat u Joost hebt aangedaan. Daar verdient u allemaal straf voor. U bent namelijk een oorlogsmisdadiger. En daarom neem ik u vast.' Ik zou voordat ik hem vastzette het Wilhelmus gaan zingen... maar ik wist daar de woorden niet van... maar dat gaf niet. Ik kende wel wat woorden van de eerste regel. Ik had ze opgeschreven in mijn schrift. Wilhelmus van Dassouwe ben ik een Duitser van bloed. 'Vooral voor wat u mijn moeder hebt aangedaan.' Wilhelmus van Dassouwe... Ik kon het ook zeggen in plaats van zingen. Wilhelmus van Dassouwe.

Ik merkte dat ik weer tranen in mijn ogen kreeg. Maar ik wilde niet huilen. Het was zaak niet te huilen. Ik huilde ook niet echt. Of mag ik wel huilen, pap?

Het was duidelijk dat ik niets mocht laten blijken. Anders zou mamma meteen vermoord worden, en Joost ook. En ik ook.

Ik overwoog of ik alles wel moest laten doorgaan. Ik keek naar de wapens die ik had verzameld en voelde hoe mijn plas langs mijn benen liep. Ik keek er niet naar. Een straaltje liep via mijn achterbenen in mijn sokken. Het viel me op hoe ik meteen een koude wind op mijn benen voelde op de plekken waar mijn plas langs geweest was. Ik deed de deur van de schuur open om mijn plas te laten opdrogen, ik voelde nu ook de kou op mijn buik.

Waar kon ik Sone vinden? Joost zou het misschien wel weten. Maar anders moest ik mamma achtervolgen. Het was misschien het beste om dit na de crematie van pappa te doen. Het was waarschijnlijk dat mamma tijdens de crematie heel erg zou huilen. Ze zou veel verdriet hebben. Ze zou misschien niet laten blijken dat ze erg moest huilen, en dapper zijn voor Joost en mij. Ze zou zich kranig houden. Ik zou me ook kranig houden. Ik zou haar hand kunnen vasthouden en ik zou haar af en toe kunnen zeggen hoe verschrikkelijk veel ik van haar hield en dat zou ik misschien ook wel tegen Joost kunnen zeggen, al was het duidelijk dat hij dat niet wilde. Joost wilde natuurlijk helemaal stoer zijn.

Opeens hoorde ik mamma en Joost met elkaar praten. Ik hield me schuil.

'Jij moet op Tjon letten, hij is erg gespannen deze dagen.'

'Ik ben ook gespannen,' zei Joost.

'We zijn allemaal gespannen, Joost, maar jij bent nu de oudste man. Je moet op Tjon letten!'

'Hij is in de tuin.'

Moeder leek daar genoegen mee te nemen. Ik liep het

schuurtje uit en ging bij een boom staan. Even later kwam Joost de tuin in.

Hij rookte een sigaret.

'Niet tegen mamma zeggen.'

'Ik ga dat wel tegen mamma zeggen,' zei ik. Ik zei dat expres, ik wist dat hij het prettig vond om mij te pesten, en hij had daar nu recht op, omdat het droevige dagen waren.

'Weet je wat... ga het nu maar tegen mamma zeggen dat ik rook.'

'Hoe bedoel je?' vroeg ik.

'Ga maar tegen mamma zeggen dat ik rook, en kijk dan wat er gebeurt.'

'Er gebeurt niks.'

'O nee? Ga maar zeggen.'

Ik liep het huis in. Joost ging mij achterna. Ik hoopte maar dat hij mij een stomp zou geven.

Joost liep precies achter mij. Hij blies de rook van zijn sigaret in mijn nek. Expres.

'Ik ga tegen mamma zeggen dat je rookt... en dat je inhaaldereert.'

'Inhaleert...'

'Dat ga ik zeggen...'

'Moet je zien wat er gebeurt, Tjon.'

Mamma was in de keuken. Het was nog maar een paar stappen naar de keuken. Joost bleef gewoon doorroken. Als er iets met me zou gebeuren, moest het nu gebeuren. Maar Joost bleef vlak achter me lopen, zonder dat ik een schop kreeg.

'Zijn jullie daar, Joost en Tjon?'

En opeens stond mamma in de gang. Ze moest Joost nu zien roken.

Ik wist niets meer te zeggen.

Joost keek mijn moeder aan, merkte ik.

Joost wees naar mijn natte broek en mijn benen.

'Geeft niks,' zei moeder.

'Jij ook een sigaret, mam?' vroeg Joost.

'Nu niet Joost – en rook niet te veel.'
'Pappa?' vroeg ik. 'Pap... waar ben je?'
'Ik geloof dat we je even in bad gaan doen, en daarna moet je slapen, Tjon,' zei mamma.

32

Mamma kleedde me aan.

'Het is een speciale dag, Tjon, en je moet je beheersen. Dat moet, schat.'

Ik zou me beheersen.

'En ik zal me beheersen, pap. Jij moet me daarbij helpen.'

'Dat zal ik doen, Tjon.'

'Wat zeg je, Tjon?'

'Niks, mam.'

'Maar je beweegt je mond... je moet niet te gek gaan doen vandaag. Beloof je me dat? Beloof je mamma dat?'

'Niet te gek... geen gekke bekken trekken...'

'Nee, je moet maar geen gekke bekken trekken... als we weer thuis zijn... en kijk me eens aan.'

Ik keek mamma aan. Ze was inderdaad de mooiste vrouw die ik kende. Haar ogen had ze rood gehuild en ik zag hoe ze haar lippen donkerrood had gestift.

'Je moet proberen... niet in je broek te plassen, Tjon. Als je voelt dat je moet, dan moet je direct naar de wc.'

Ik gaf geen antwoord.

'Beloof je me dat, Tjon?'

Ik keek van haar weg.

'Gaan... gaan we het lijk van pappa zien?' vroeg ik.

'Als je dat niet wilt, hoeft het niet.'

'Moet ik naar de wond in zijn hoofd kijken?'

'Wond in zijn hoofd?'
'Pappa heeft toch zelfmoord gepleegd.'
Mamma viel even stil en kuchte.
'Pappa heeft zelfmoord gepleegd, maar niet met een wond of zo, Tjon. Als je het weten wilt... pappa heeft... gewoon te veel geneesmiddelen genomen... Maar laten we het daar maar een andere keer over hebben. Maar pappa is niet eng.'
'Hij is niet eng.'
'Nee, hij is niet eng.'
'Maar wel dood.'
'Ja, Tjon.'
'Mam... ik geloof dat ik nu even naar de wc moet, misschien wel.'
Ze ging met me mee naar de wc, maar niet mee naar binnen. Ze bleef voor de deur staan.
'In de pot plassen, hè Tjon... Niet daarbuiten. Probeer je best te doen.'
Ik mikte, maar het meeste kwam toch buiten de pot terecht. Ik trok door en hees mijn broek op, maar ik kreeg de knopen niet op de juiste plaats geknoopt. Mamma had haar jas alweer uitgetrokken en had in de badkamer de blauwe emmer met een klein sopje klaargemaakt.
'Als je tijdens de crematie een plasje moet doen, kan je misschien het beste buiten tegen een boom plassen, Tjon.'
Ze kleedde me goed aan. Daarna ging ze haar eigen slaapkamer in.
Joost kwam opeens de voorkamer uit. Hij had een net zwart pak aan.
'Hoe kom je daaraan?'
'Gekregen van een vriend van mamma,' zei hij, 'je weet wel wie...'
'Ben jij dan nu een verrader?'
'Nee... ja... ik moet zwijgen in verband met het landsbelang, Tjon.' Opeens ergerde hij zich. 'Tjon, alsjeblieft... vandaag is de crematie van pappa... laten we gewoon doen tegen elkaar... voor mamma.'
'Is goed,' zei ik, maar ik vertrouwde hem niet.

Toen kwam mamma haar slaapkamer uit. Ik had haar nog nooit zo mooi gezien. Ze was in het zwart gekleed. Knalrode lippen en ze had allemaal kettingen om en meer ringen om haar vingers dan anders.

Ik voelde tranen opkomen.

Zo moest ze eruitzien voor Sone.

Ze hield misschien wel echt van hem. Natuurlijk hield ze van hem. Hij had er natuurlijk voor gezorgd dat zij de oorlog had overleefd. Omdat hij in het kamp al verliefd op haar geworden was. En mamma misschien ook wel op hem. Maar ze konden niet op elkaar verliefd zijn, want mamma was getrouwd met pappa. Het was duidelijk. Sone was natuurlijk een oorlogsmisdadiger, maar wat moest mamma anders toen zij elkaar weer tegenkwamen? Mamma zag Sone en Sone zag mamma en toen werden ze weer verliefd op elkaar, mamma werd verliefd op haar redder.

'De auto's staan voor, mam!' zei Joost. 'Kom op, Tjon, we gaan in een hele mooie auto zitten. Een Chevrolet.'

33

Zes maanden later.

Ik wachtte de jongens op – ze zaten op mijn oude school in de zesde klas. Ik hoorde de bel gaan en verborg me in een portiek. Met een sigaret die ik van Joost had gestolen.

De kleinste jongen, Hans, kwam als eerste de school uit. Daarna zag ik de jongen die Tommie heette en nog een die Herman heette. Die was de grootste. Misschien moest ik hem als eerste aanspreken.

Ik stak mijn sigaret op, maar inhaleerde niet. Daarmee zou ik wachten tot ze voorbij zouden lopen.

Maar opeens stopte er een auto. Er zat een oudere man achter het stuur. Hans, Tommie en Herman gingen in de auto zitten die even daarop wegreed.

'Hallo, hallo, hier generaal Tjon... de vijand is zojuist opgehaald, pap. Door een andere generaal met een tank, over.'

'Geeft niet, Tjon.'

'Morgen zal ik weer gaan, commandant.'

'Dat is goed, Tjon.

Ik rende naar huis, maar hield in.

Wie weet zou ik mamma zien zoenen met Sone.

Joost had verteld dat mamma elke nacht naakt voor Sone danste, en dan moest mamma Japanse liedjes voor hem zingen.

'Beledigende liedjes voor pappa. Waarin pappa wordt bespot, en waarin wordt gezegd dat hij een lafaard is. Een lafaard omdat hij zelfmoord heeft gepleegd. En ook een lafaard omdat hij een zoon – en dan bedoelt hij jou, Tjon – op de wereld heeft gezet die niet goed bij zijn hoofd is.'
'Ik geloof je niet.'
'O nee? Luister dan maar 's nachts.'

Mamma – die sinds de dood van pappa een ander kapsel had en haar lippen in een donkerder rood stifte, waarschijnlijk omdat dat moest van Sone – nam me mee naar een nieuwe dokter.

Ze vertelde dat ik sinds de dood van pappa stotterde. Niet altijd, maar wel vaak.

Terwijl ik in een te grote stoel zat, spraken de nieuwe dokter en mamma met elkaar.

De nieuwe dokter was een jonge man. Hij lachte vriendelijk naar me. Maar ik kon hem niet in zijn ogen kijken.
'Fijn, dat je er bent, Tjon.'
Ik knikte.
'Fijn dat je er bent. Wat zeg jij dan?'
Ik zei niets.
'Kom op, Tjon... zeg maar: "Dag dokter."'
Ik probeerde het te zeggen, maar hield op. Ik kreeg 'dag' niet gezegd, en sloeg mezelf tegen mijn hoofd.
'Waarom doe je dat, Tjon?'
Ik kon het niet zeggen.
'Het is terecht dat je me slaat, pap.'
'Je moet de woorden goed leren zeggen, Tjon.'
'Dat wil ik ook wel, maar het gaat niet, pap.'
'Geeft niet. Het komt nog wel.'
'Zeg maar fijn niets,' zei de dokter.
Mamma pakte mijn hand.
'En dan het probleem met het ouder worden,' zei ze.
De dokter keek op. Mamma vervolgde: 'Ik weet niet of u het verstandig vindt dat hij erbij is...' De dokter haalde zijn

schouders op, en mamma zei: 'Hij komt dus elke avond bij me liggen.' Mamma zweeg even. 'Het lijkt wel of hij slaapwandelt... want als ik iets zeg... hoort hij het niet.'

'U legt hem terug in bed.'

'Ja... steeds weer, maar hij blijft terugkomen... en dan...'

Ze keek me even met schrikogen aan en zei: 'Hij gaat dan op mij... heen en weer... en... het is niet norm... ik...'

'Heeft hij een...' De dokter keek naar mamma. Mamma knikte. 'Ja... hij zit er ook altijd aan... Onbewust... Ik zeg het ook vaak... Tjon, niet aan je... En dan stopt hij er wel mee, maar drie minuten later zit hij er weer aan... en als dan... dus... helemaal rechtop... weet u wel... dan... ja... dan gaat hij zichzelf ook slaan.'

'Doet u de slaapkamerdeur weleens op slot?'

'Ja... dan hoor ik hem gillen en dan slaat hij zijn kop tegen de deur. Dan doe ik weer open.'

De dokter richtte zich tot mij.

'Waarom doe je dat, Tjon?'

'Doe ik dat, pap?'

'Je bent een goede jongen, Tjon.'

Ik haalde mijn schouders op.

'Zeg maar een woordje dat nu in je opkomt... een makkelijk woordje,' zei de dokter.

Ik schudde mijn hoofd.

'Je mag alles zeggen,' zei de dokter.

Ik schudde mijn hoofd heftiger.

'Heb je wel een woord in je hoofd?'

Ik schudde mijn hoofd, mijn hand sloeg op mijn voorhoofd.

'Zeg het maar, Tjon... zeg het woord. Het mag elk woord zijn... Elk woord.'

Ik schudde mijn hoofd, nu heel hard.

Mamma hield mijn handen vast, zodat ik mezelf niet kon slaan.

'Welk woord mag je niet zeggen, Tjon? Toe, zeg het maar...'

Ik zei het niet.

'Hoeft niet... kalm maar... kalm maar,' zei de dokter, 'het komt wel.'

Ik zag dat mamma tranen in haar ogen had.

'Denkt ze nu aan Sone, pap?'

'Nee.'

'Nee, dat denk ik ook niet. Ze voelt waarschijnlijk dat ze straf krijgt.'

'Straf, Tjon?'

'Omdat ze met Sone zoent, pap.'

'Het wordt alleen maar erger,' zei mamma, 'het is sinds de dood van mijn man alleen maar erger geworden.'

'Wat is precies erger geworden?'

'Alles.'

Mamma aaide over mijn haar.

Het klopte wat ze zei. Inderdaad was alles erger geworden. Maar het zou binnenkort afgelopen zijn.

'Ik ga grote dingen doen, hè pap.'

'Ja, je gaat grote dingen doen.'

'Zodat iedereen mij bewondert.'

'Iedereen zal je bewonderen.'

'Ze zullen me een held vinden.'

'Dat denk ik wel, Tjon.'

'Dan krijg ik medailles.'

'Ja.'

'En een hond die van me houdt.'

'Ja.'

'En misschien...?'

'Wat, Tjon?'

'Misschien... dat Truusje mij haar... iets wil laten zien, pap.'

Ik sloeg mezelf.

'En waaraan denk je nu, Tjon?' vroeg de dokter.

Ik kon het weer niet zeggen.

'Een letter... één letter...'

'T..t..t...te..te...tiet!' zei ik, en ik sloeg mezelf hard op mijn oog.

Mamma hield mijn hand vast.

Ik voelde me benauwd en wilde mezelf weer slaan, voor het evenwicht, maar het ging niet.

'Haal je hand uit je broek, Tjon,' zei moeder. Ze drukte zich tegen me aan.

De dokter keek me lachend aan.

'Wil je een koek?'

'Graag,' zei ik.

'Weet je wat er op deze koek zit?' vroeg hij.

'Chocolade...'

'Ja... heel goed, neem er maar twee.'

Moeder zweette. De dokter maakte aantekeningen en keek me lang aan.

Hij deed zijn la open en haalde er twee poppetjes uit.

'Dit zijn een mannetje en een vrouwtje, Tjon. Bekijk ze maar eens.'

Ik keek mamma aan.

'Doe maar wat de dokter zegt,' zei mamma.

'Het zijn een moeder en een vader,' zei ik.

'En wat valt je aan ze op?' vroeg de arts.

'Ze zijn naakt.'

'Heel goed. Wat betekent dat?' vroeg de dokter.

'Dat het oorlogsslachtoffers zijn!' Ik voelde dat het goede antwoorden waren. En ik was trots. Ik probeerde te zien of mamma naar me keek, maar dat deed ze niet. Ik herhaalde het woord nog een keer: 'Oorlogsslachtoffers... oorlogsslachtoffers...' Drie keer! Maar mamma keek nog steeds niet naar me.

'En waarom zijn ze naakt?' vroeg de dokter.

'Ze zijn naakt... omdat ze gevangen zitten in een kamp... waar misschien Duitsers zitten of jappen en die willen hen vermoorden – dus die man en die vrouw... en die zijn dus naakt omdat ze dood gaan, omdat ze naakt in een graf moeten liggen en dan worden ze doodgemaakt. Of door honger of ze worden neergeschoten. Of ze krijgen gas.'

De dokter schreef alles op. Ik was blij dat ik het goed had

gezegd. Mamma keek me niet aan, maar dat begreep ik wel. Ze kon niet laten zien dat ze trots op me was.

'Kan jij een verhaaltje over deze vrouw vertellen, Tjon?' vroeg de dokter.

Ik keek naar het poppetje. Het was een pop met tieten en een gaatje, duidelijk een meisje. Ook met lang haar. Als je haar kantelde gingen haar ogen dicht, net als bij een echte pop. Als je haar omhoog hield waren de ogen open.

Ik legde de pop neer.

'Dit,' zei ik, 'is een oorlogsslachtoffer.' Ik legde de pop neer. 'Ze is al dood. Ze is in het kamp omgekomen door vijandelijk vuur. Ze zal van Hare Majesteit de Koningin een medaille krijgen... dus haar ouders dus, als die nog leven... krijgen die medaille... of haar zus of broer... omdat zij held is, omdat zij in het kamp is gestorven, omdat zij niet deed wat een Japanse commandant haar vroeg... toen is zij doodgemarteld.' Ik wist niets meer. Ik voelde dat mijn wangen gloeiden van trots. Ik had het ook voor mamma verteld.

De dokter knikte tevreden.

'En dit?' Hij liet me de man zien. De man had een piemel. Bij de man konden de ogen niet open en dicht. Alleen maar open. De man keek zielig. Het was of hij pijn had.

'Vertel maar weer net zo'n mooi verhaal,' zei de dokter.

De man had waarschijnlijk slechte ogen, vandaar dat zijn ogen niet dicht konden. Hij had ook in het kamp gezeten. In het mannenkamp. Daar had hij heldendaden willen verrichten samen met pappa. Maar dat was niet goed gegaan. Ze hadden tegen de jap willen vechten, maar toen had de jap gezegd: 'Als je dat doet, schieten we je vrouw dood.'

'Vertel maar, Tjon,' zei de dokter, maar ik kon niets zeggen.

Pappa was nog wel een held geweest. Pappa had tegen die jappen gevochten. En toen had Sone gezegd: 'Nu gaan we je vrouw vermoorden.' 'Ik vecht niet voor mijn vrouw, ik vecht voor mijn land,' had pappa gezegd. Daar waren de jappen van geschrokken, dat vonden ze moedig. Maar Sone lachte en die zei: 'Ik ga jouw vrouw opzoeken... waar zit ze?' 'Dat zeg ik lekker niet,' zei pappa.

'Waarom zeg je niks? Vertel dan, Tjon... net zo'n mooi verhaal.'

Pappa zei niets. Maar toen kwam deze pop en die zei precies waar mamma was. Ik welk kamp ze zat. 'Nu weet ik waar ze zit,' zei Sone, 'en ik breng haar heel veel cadeaus en mooie kleren en ik geef haar geld, en dan wordt ze op mij verliefd, en dan heb jij niets meer te vertellen.' Dat zei Sone, en hij richtte zich naar de pop en zei: 'Vertel nog een keer waar mamma zit.'

Ik pakte de pop van tafel en smeet hem weg. Mamma keek verschrikt.

'Waarom doe je dat?' vroeg de dokter.

Ik moest opeens huilen en plaste in mijn broek. Gelukkig had mamma daar al rekening mee gehouden.

34

De volgende dag liepen de jongens naar huis. Hans, Tommie en Herman. Toen ze voorbij het portiek kwamen sprong ik eruit. Ik hield hun een sigaret voor.

'Willen jullie een sigaret? Dat is goed voor jullie.'

'We mogen niet roken.'

'Van mij wel... maar daar gaat het niet om.'

Ik zag in hun ogen dat ze bang voor me waren.

'Ik heb misschien een groot geschenk voor jullie als jullie me met iets willen helpen wat ook leuk is.'

'Ik mag niet met je spelen,' zei Tommie.

'Van wie niet?'

'Van mijn broer. Hij zegt dat je niet normaal bent.'

'Je broer... die is... door m-m-m-mijn broer in elk-k-k-... Kabang! Op z'n smoelwerk... Kab-b-ang! Z'n tanden eruit!'

'Wat praat je nou een onzin,' zei Tommie.

Ik pakte het geld uit mijn zak.

'Hier is een gulden,' zei ik, 'voor jullie... En als jullie me willen helpen, met iets leuks, echt iets leuks, bij mij thuis, dan krijgen jullie ieder een gulden.'

De jongens keken naar de gulden of ze het niet konden geloven.

Ik was blij dat ze het geld zouden krijgen dat ik van mamma had gestolen. Drie losse guldens. Ik hoorde ze bij elke stap die ik deed.

'Wat moeten we dan doen?' vroeg Hans.

'Een spel,' zei ik.

'Een spel... wat bedoel je?'

'Meehelpen een spel te maken.'

'Wat voor spel?'

'Een oorlogsspel. Heel spannend. Het kampspel.'

'Hoe gaat dat spel dan?'

'Met spelers.'

'Dat begrijp ik, maar wat moeten die dan doen?'

'Die spelen... gewoon... oorlog.'

'We gaan oorlogje spelen.'

'Ja.'

'Met soldaten.'

Ik wist eigenlijk niet wat ik moest antwoorden. Misschien was de waarheid zeggen wel het beste.

'Ja, we gaan met soldaten spelen... maar dan anders.'

'Wat dan? Ik wil weten hoe dat spel gaat.'

'We gaan eerst een kamp maken, bij mij thuis. Een Japans krijgsgevangenkamp. Dat is leuk. Daar krijgen jullie geld voor. Dus jullie winnen. Want de winnaar krijgt geld. Echt geld... als jullie dat leuk vinden.'

'Maar... moeten wij dan mensen doden of zo?'

Ik deed onmiddellijk mijn gulp open en plaste tegen de pui van een portiek aan. Ik zag dat de jongens naar me keken.

'Ja, jullie moeten... jullie zijn... er moet gedood worden... dan kan je meer geld krijgen.'

'Dus je krijgt meer geld als je meer mensen doodt.'

'Ja... ja...' zei ik.

'Maar wie doen er dan allemaal mee?' vroeg Hans.

'Misschien ook Japanse kinderen,' zei ik. Het zweet parelde op mijn hoofd.

'Of dat zien we wel,' vervolgde ik, 'bijvoorbeeld, dat jullie Japanse soldaten zijn... of gevangenen... Dan ben ik bijvoorbeeld mijn vader... of ik ben een Japanse soldaat... ik doe natuurlijk net alsof... alsof ik een Japanse soldaat ben, als mijn vader...'

'Ik snap er niets van,' zei Herman, 'was je vader een Japanse soldaat?'

'Natuurlijk niet, klootzak... Zo gaat het spel helemaal niet... Jullie moeten me gewoon helpen. Voor geld... We moeten een Japans kamp maken.'

'Waar dan?'

'Bij mij in de tuin.'

'En dan krijgen we allemaal een gulden.'

'Dat heb ik beloofd.'

'Wat moeten we dan doen?'

'Kuilen graven... dat zijn graven... En prikkeldraad, dat heb ik thuis, doen we om de tuin heen, zodat het een echt kamp lijkt,' zei ik. Op dat moment haalde ik uit mijn zak een tekening die ik zelf had gemaakt.

'Dit is mijn tuin. Dit hier is prikkeldraad. En hier zijn graven.'

'Heb jij dat getekend, Tjon?'

'Ja.'

'Het is kinderachtig.'

'Hou je bek.'

'Ik snap het nog steeds niet, maar als ik alleen maar een kuil hoef te graven en ik krijg daar een gulden voor...'

'Ik doe ook mee,' zei Hans.

Mijn hart bonsde in mijn keel.

Ik zou vanmiddag mijn eigen kamp hebben.

'Heel goed, Tjon.'

'Dank je, pap. Ik zal Sone gevangen nemen.'

'En doden.'

'Ja, en ik zal hem doden.'

'En mamma... Je moet mamma ook doden.'

'Ja, want ze gaat met Sone trouwen.'

'Waarom huil je opeens?' vroeg Hans.

'Ik huil niet... Ik heb tekorten en dan tranen mijn ogen. Het is gekomen toen ik een hond heb gered en een dood kind naar haar ouders heb teruggebracht.'

'Een dood kind?'

'Ja, een meisje.'

Ik veegde de tranen uit mijn ogen.

'Kom mee, naar mijn huis.'

Ik ging de jongens voor, maar opeens schrok ik: voor ons stond David, die ik jaren niet had gezien. Hij was een kop groter dan ik.

Hij groette me niet. Hij keek me alleen aan. Hij liep snel door.

'Ken je hem?' vroeg Hans.

'Ja. Zijn ouders waren verraders in de oorlog... We moeten hem misschien gevangennemen.'

35

De dokter liet me weer met poppetjes spelen. Ik voelde me daar te groot voor. Maar ik deed wat hij vroeg.
 'Wie zijn dat?' vroeg hij.
 'Poppetjes.'
 'Hoe heten ze?'
 Ik haalde mijn schouders op.
 'Vind je het kinderachtig om met poppen te spelen?'
 Ik knikte.
 'Waar zou je dan mee willen spelen?'
 'Met echte dingen,' zei ik.
 'Wat voor echte dingen?'
 'Echte pistolen en geweren.'
 De dokter schreef iets op in een schrift. Misschien dat ik dapper was.
 'Dit zijn blote mensen,' zei de dokter. 'Wat doen blote mensen?'
 'Die gaan kinderen maken,' antwoordde ik.
 'Hoe?'
 'De man brengt een eitje in, zoals in de natuur, en dat groeit dan uit in de buik van de moeder.'
 De dokter knikte en schreef weer iets op.
 'En als dit je vader en moeder zijn?'
 Ik liep de deur uit en ging plassen. Ik haalde de wc maar net. De dokter stond achter me. Daarom deed ik maar een klein plasje. Hij ging niet weg.

'Ben je klaar, Tjon?'

'Ja, dokter.'

'Kom dan maar mee. Nee, eerst je broek dichtknopen...'

We gingen terug naar de kamer van de dokter. Hij pakte de poppetjes weer en schoof ze naar me toe.

'Dit zijn je vader en moeder, denk ik. Moeten ze aangekleed worden... de poppen... je vader en moeder?'

'Er..r..r.. er zijn g..g..g..geen k...k..k...k..kleren.'

'Er zijn geen kleren, zeg je dat?'

'Ja...j.j..j..ja.'

'Waarom stotter je, Tjon?'

Ik zweeg.

'Weet je wanneer je stottert, Tjon?'

Ik schudde mijn hoofd.

'Zeg ja of nee.'

'Nee, dokter.'

'Komt het omdat ik het heb over je vader en moeder en...' De dokter wilde nog iets zeggen, maar bedacht zich en stelde een andere vraag: 'Je vader is dood. Klopt dat?'

Ik dacht na. Waarom stelde de dokter deze vraag?

'Is je vader dood, Tjon?'

Ik gaf mezelf een klap in mijn gezicht.

'Tjon... hij is dood, hè?'

'Wat moet ik zeggen, pap.'

'Zeg de waarheid maar.'

Ik schudde mijn hoofd.

'Leeft je vader nog, Tjon?'

Ik sloeg mijn hoofd tegen de tafel. Daarna keek de dokter me aan. Hij wachtte tot ik rustig werd. Ik pakte één van de poppetjes en draaide aan het hoofd. Het ging er makkelijk af. Toen rukte ik de beentjes uit elkaar.

'Is dat de mevrouw of de mijnheer?' vroeg de dokter.

'De vrouw... kijk maar...' Met mijn vingers gleed ik over de hele kleine borstjes van de pop.

'M..mm...mm...mag dit?' vroeg ik.

'Ja,' zei de dokter. Ik wreef over de borstjes en voelde een prettig gevoel in mijn schoot dat leek te verlangen naar meer. Ik bleef met mijn wijsvinger van mijn rechterhand over de borstjes aaien, terwijl ik met mijn linkerhand het hoofdje dat ik al van het lichaam gescheiden had van tafel veegde. Ik hoorde het op de grond rollen en ik keek ernaar. Het bleef onder mijn stoel stil liggen. Daarna veegde ik de beentjes van tafel.

'Wie is dit?' vroeg de dokter. Hij wees naar het lichaam waarvan ik de borstjes aaide.

'Dat weet ik niet... Het hoofd is weg.'

'Wie was het?'

'Ze is door Japanners gemarteld.'

'Is het je moeder, Tjon?'

Ik schudde mijn hoofd. 'Mijn moeder heeft haar hoofd nog.'

'Wie is het?'

'Het is... een kind.'

'Ben jij het, Tjon?'

'Nee.'

'Wie is het dan?'

'Het is een dood kind.'

'En waarom is ze dood, Tjon?'

Opeens voelde ik een heel prettig gevoel in mijn broek, tegelijkertijd deed ik een plas. Ik keek de dokter aan.

'Wat is er, Tjon?'

'Ik heb het in mijn broek gedaan...'

'Veertien jaar... en dan doe je het in je broek. Waarom, Tjon?'

'Ik kon het niet ophouden, dokter.'

Hij nam me mee naar de wc. Daar stond zijn vrouw. Ze haalde uit een tasje dat ik herkende een schone onderbroek en een gewone broek voor mij.

'Moet ik hem wassen?' vroeg ze aan haar man.

De dokter schudde zijn hoofd. 'Hij kan het zelf. Tjon, ga je wassen. Dan bel ik je moeder dat ze je kan komen halen.'

Ik kleedde me helemaal uit en gooide al mijn vieze kleren door het wc-raampje naar buiten.

'In het kamp heb je veel geleden, hè pap?'
'Ja, Tjon... heel veel.'
'De hele oorlog, is het niet?'
'Ja, de hele oorlog.'
Ik bleef op de wc tot mijn moeder me riep: 'Kom er alsjeblieft vanaf, Tjon.'

Hans, Tommie en Herman waren aan het graven in de tuin. Mamma had gevraagd of we misschien limonade wilden, en ik was bang dat ze dat kinderachtig vonden, maar ze zeiden allemaal 'ja'.
'Wat zijn jullie aan het graven, jongens?'
'Naar een schat, mam,' zei ik.
'Ben je daar niet...' Ik voelde dat ze wilde zeggen 'te oud voor', maar ze maakte haar zin niet af. 'Nou... leuk... kijk dan maar of je iets moois vindt...'
Ik zag haar prachtige ogen; ze had vandaag misschien wel weer gehuild. Om pappa die haar nu niet kon beschermen, maar misschien ook wel omdat Sone haar treiterde. Ik voelde mijn hart in mijn keel kloppen. Wat had Sone allemaal met haar gedaan? Hoe kon ze precies op die man verliefd zijn? Ze was dat niet. Ze moest. Het was gedwongen verliefdheid.
'Ik zal hem doden, pap.'
'Heel goed, Tjon.'
'Wat doe jij nou raar, waarom sla je jezelf voor je kop?' vroeg Hans opeens verbaasd. Zijn handen waren zwart.
'Omdat ik iets vergeten ben... jullie krijgen je geld, maar nog iets erbij... iets extra's.'
'Wat dan?'
Ik had weer iets beloofd en ik kon niet meer terug. Mijn knieën begonnen te knikken.
'Iets bijzonders.'
'Wat dan, wat dan?' vroeg Tommie.
'Omdat ik ouder ben,' zei ik. Ik weet niet waar die zin vandaan kwam. Ik hoopte dat het genoeg zou zijn.

'Wat bedoel je, omdat ik ouder ben? Omdat ik ouder ben wat... wat wil je zeggen?'

Ik voelde het zweet onder m'n haar vandaan komen.

'Omdat ik ouder ben... dat bedoel ik... daarom dus, omdat ik ouder ben... zal ik jullie... de geheimen vertellen.'

'De geheimen?' vroeg Hans. 'Welke?'

'Ik zal jullie... terwijl jullie graven... en wij hier een kamp maken... zal ik jullie... de geheime verhalen vertellen... de geheime verhalen... die dus niemand mag weten... zeker niet jongens... van jullie leeftijd. En daarom... omdat ik ouder ben, en het dus eigenlijk niet mag, zal ik jullie die geheime verhalen vertellen.'

'Ik dacht dat we geld kregen,' zei Hans.

'Wat zijn dat dan voor geheime verhalen?' vroeg Herman.

'Als jullie... nu stil zijn... dan zal ik... als extra's... dus bij die gulden die jullie krijgen... nog die geheime verhalen vertellen, die niemand mag weten... want die verhalen... als je die weet... dan weet je...'

Ik zocht naar een vervolg.

'Dan weet je... hoe het zit... dan weet je hoe het zit... precies... en dat is geheim... niemand mag het weten, want dat is gevaarlijk... gevaarlijk voor je eigen leven. Je kunt eraan doodgaan.'

De jongens stopten met werken.

'Aan doodgaan?' herhaalde Herman.

'Ja... dus als je die verhalen weet.'

'Hoezo? Het zijn toch geen pistolen of messen?' ging Herman door.

'Jij begrijpt het niet, jij begrijpt het niet!' zei ik boos.

'Hoe kan je nou aan verhalen doodgaan?'

'Jij begrijpt het niet, omdat je jong bent, en ik ben ouder.'

'Nou en?' zei Herman.

'Van verhalen kan je niet doodgaan, verhalen, dat zijn woorden... van woorden sterf je niet,' zei Tommie.

'Wel!' zei ik. 'Dat weet ik!'

'Maar hoe dan?'

Ik zocht naar een antwoord.

'Daarom is het geheim,' zei ik.

'Je kletst!' zei Tommie.

'Ik klets helemaal niet. En als je dat zegt, dan krijg jij je gulden niet!'

'Nou goed, dan klets je niet,' zei Tommie, 'vertel dan hoe het zit.'

Ik voelde dat mijn blaas zich wilde legen, maar er zat niets in. Ik had al heel veel geplast en geen limonade gedronken. Ik werd misselijk.

'Verhalen die kunnen doden,' zei Herman. 'Hoe dan?'

'Omdat... dat leg ik net uit... dat jullie dat niet begrijpen... omdat...' Ik pakte mijn maag vast. 'Omdat... door wat die verhalen vertellen... als je dat weet... dat is gevaarlijk... dat mag je eigenlijk niet weten. Ja, zo zit het in elkaar... dus ik vertel iets, en dat is geheim. Het is geheim omdat niemand mag weten wat ik vertel. Het is geheim. Snappen jullie het nu eindelijk?'

'Hoe weet jij het dan?' vroeg Tommie.

'Omdat ik dat heb gehoord... van mijn vader... vlak voordat hij stierf... toen zei hij... net voordat hij doodging, zei hij... nu zal ik jou de geheime verhalen vertellen, Tjon... de gevaarlijke, geheime verhalen... dat zei hij. En ik begreep hem meteen. En toen wist ik ook... dat hij spoedig zou sterven.'

'Dan kan je die verhalen maar beter niet vertellen,' zei Herman.

'Ik snap nog steeds niet waarom die verhalen geheim zijn... ga je er nu aan dood of niet?' vroeg Hans.

'Nee, ik kan ze gewoon vertellen,' zei ik, 'kijk, als ik het vertel, dan is er niets aan de hand. Het zijn namelijk verhalen van de oorlog... over dingen... met de oorlog en zo... gevaarlijk. Mijn vader moest erover zwijgen, maar heeft het toch aan mij verteld.'

'Maar waarom dan?'

'Ik wil jullie... als jullie verder werken aan het maken van het kamp de ergste verhalen vertellen. En omdat ze erg waren, waren ze geheim.'

'Ik snap het nog niet, maar het zal wel... het zijn dus gewoon verhalen,' zei Tommie.

'Ja, maar dus geheime verhalen, domkop met je koeiekop, jij snapt ook niks!'

Tommie haalde zijn schouders op.

'Nou, ik ben benieuwd... vertel maar.' Hij pakte zijn schepje en ging weer door met scheppen. De kluiten aarde liet hij tegen mijn schoenen aan ploffen.

'Goed... jullie moeten allemaal doorwerken... dan zal ik de geheime verhalen vertellen. Maar eerst wil ik dat jullie zweren dat jullie deze verhalen aan niemand, maar dan ook aan niemand doorvertellen. Zweer het.'

'Ik zweer het,' zei Tommie. Hij stak twee vingers in de lucht.

'Ik ook,' zei Hans.

'Ik ook,' zei Herman.

'Goed, dan gaan we nu... omdat jullie zweren, met z'n allen het Wilhelmus zingen.'

'Dat ken ik niet,' zei Herman.

'Ik ook niet,' zeiden Tommie en Hans bijna in koor. Ik was opgelucht, want ik kende het ook niet.

'Goed, dan wil ik... dan wil ik dat jullie het Wilhelmus denken!' zei ik.

De kinderen keken elkaar aan. Het was even stil.

'Zo is het goed!' zei ik snel.

36

De jongens maakten heel mooie echte graven, veel beter dan ik het had gedaan. Het waren er drie die precies de breedte van de tuin bestreken.

'Begin nou maar met vertellen,' zei Hans.

'Eerst het prikkeldraad,' zei ik en ik haalde uit de schuur het prikkeldraad dat ik in het geheim uit het park had gehaald en verzameld had.

'Ja, je moet nu de geheime verhalen vertellen,' zei Herman.

'Is al goed.' Ik ging voor ze staan.

'Eerst moeten jullie naar mij salueren.'

'Waarom.'

'Dan moet... dat zeggen die verhalen.'

'Kunnen die verhalen spreken dan?'

'Doe niet zo stom, Herman... Salueer!'

Moeizaam salueerden de jongens. Ik wist dat ik nu met vertellen moest beginnen. Maar wat moest ik ze vertellen? Ik keek naar de lucht.

'Komt er nog wat van?'

Ik zocht in mijn geest naar moeilijke woorden om indruk te maken...

'Het eerste verhaal,' zei ik, 'gaat over een viaduct en een organisatie.'

Ik wachtte even. Niemand keek me bevreemd aan.

'Weten jullie wat een viaduct en een organisatie zijn?'

'Ja,' zei Herman, 'vertel maar.'

Ik keek van hem weg. Ik wist het zelf niet.

'Hoe kan een verhaal over een organisatie en een viaduct nu geheim zijn?' vroeg Hans.

'Wat is een viaduct dan?' vroeg ik.

'Gewoon... waar je overheen kan rijden... een soort brug,' zei Herman.

'Ja... heel goed... overheen kan rijden... daar gaat het om. En wat is een organisatie, Hans?'

Ik keek hem streng aan.

'Nou... dus dat er een heleboel mensen bij elkaar zijn... of een paar mensen.'

'Juist... een paar mensen bij elkaar... juist.' Ik hoopte maar dat ik het kon onthouden.

De jongens werkten door.

'En goed aan het werk blijven, hè?'

'Vertel nou maar.'

Ik ging staan en salueerde en ik begon te vertellen.

'Dit verhaal speelt zich af... onder een viaduct. Daar was een organisatie.'

Ik hield op met praten. De jongens keken me aan. Ik moest verder vertellen.

'Het was... een belangrijke organisatie... ze hielden zich bezig met... oorlogsvraagstukken.'

Ik was erg tevreden over het woord oorlogsvraagstukken, maar Herman, Hans en Tommie keken er niet van op.

'Oorlogsvraagstukken,' herhaalde ik, 'en nu komt het geheim.'

Ik had hun aandacht weer. Ze keken me aan. Er moest nu wel iets komen.

'Want... want het ging om... om dode kinderen.'

'Dode kinderen?'

'Ja, in de oorlog waren er dode kinderen... en dat was geheim... dus, dat die kinderen dood waren.'

Ikzelf voelde opeens tranen opkomen en ik was bang dat ik die niet kon bedwingen. Ik ging door met praten.

'Die dode kinderen... die wilden hun vader en moeder.'
'Hoe kan dat als ze dood zijn?' vroeg Hans.
'Stil! Je begrijpt er niets van! Apekop! Ze wilden, toen ze nog leefden, hun vader en moeder... maar... die waren ook dood...'
'Ik snap er al niets meer van,' zei Herman.
'Hou je bek! Omdat je te jong bent... laat me vertellen!' Ik salueerde opnieuw. 'Die kinderen... toen ze nog in leven waren... verlangden naar hun vader en moeder. Vooral hun vader was een held. Hij had een geweer. Een geheim geweer. Daar... opeens kwamen daar de Japanners aan. Soldaten met Duitse helmen op.'
'Duitse helmen?'
'Ja, omdat ze de vijand in de war wilden brengen.'
'Dan hadden ze beter Nederlandse helmen op kunnen zetten,' zei Tommie.
'Nee sufferd... dat was de fout die ze eerst maakten... dat ze Duitse helmen opzetten... maar toen – en dat was ook een geheim – zetten ze Nederlandse helmen op... nou, en toen begreep niemand er meer iets van... want toen dachten de Nederlanders dat in Indië dus de Nederlanders tegen de Nederlanders en de Duitsers vochten... Stomkop, maar luister, daar gaat het helemaal niet om.'
Ik deed mijn broek open en plaste gewoon op de grond. Ik zag dat iedereen keek, maar ik kon niet anders. Ik had dus toch nog plas. Ik deed mijn broek weer dicht.
'Kijk, waar het om gaat... waar het om gaat... dat zijn die kinderen die er ook bij waren... want, want... want die Japanners die... die pakten die kinderen bij hun hoofd en kraakten die hoofden, en daarna stopten ze die kinderen voor hun auto's en reden over die kinderen heen... en weer... zodat die kinderen helemaal open lagen... hun hersens lagen op de grond, hun darmen eruit... en hun schedel was helemaal gekraakt.'
Ik was misselijk en vocht tegen de duizeligheid.
'En toen, toen kwamen die moeders. Die zagen hun kinderen, en die...'

Ik kotste. Er kwam een grote golf gelige melk uit mijn mond. De jongens stonden ernaar te kijken.

'Het is wel een goed verhaal,' zei Herman.

'Ja,' zei Tommie. Dat ik moest kotsen vonden ze niet erg.

'Vertel verder,' zei Herman, 'want wat deden die Japanners toen?'

Ik zocht naar adem. Ik wist niet of ik wel verder kon vertellen.

'Die Japanners,' begon ik, 'toen ze die moeders zagen... zeiden ze... je mag niet huilen om je kind, want je kind is... de vijand... begrijp je dat... je kind is... de vijand.'

Ik haalde diep adem.

'Ja... dat is logisch,' zei Herman, die toch onder de indruk leek van het verhaal.

'En toen?'

Ik keek hem aan. 'Toen werd het nog erger,' zei ik.

De jongens waren stil. Ik begon weer te salueren.

'Er gebeurde iets verschrikkelijks,' zei ik.

'Wat dan?'

'Nou, iets geheims. Die moeder... een van die moeders... dat was dus een vriendin van de koningin der Nederlanden. De koningin der Nederlanden dus... de koningin der Nederlanden.'

Het leek geen indruk te maken op de jongens.

'Die vrouw was dus een hele goede vriendin van de koningin der Nederlanden, misschien wel de beste vriendin van de koningin der Nederlanden. Ja, ze was de beste vriendin van de koningin der Nederlanden. En die vrouw dus... die werd verliefd op een Japanse soldaat die haar kind net met een auto overreden had en met een geweer had neergeschoten.'

'Ik wil geen verhalen met verliefdheid,' zei Tommie.

'Stil,' zei ik, 'dit is geen verhaal met verliefdheid... dit is een geheim verhaal... omdat het ook een vriendin van de koningin is... die dus opeens verliefd werd op een Japanse soldaat. Een Japanse generaal... en toen gingen ze kinderen maken... door bloot te zijn.'

'Bloot?' zei Tommie.

'Kinderen maken... dit mag ik ook niet vertellen... maar zo is het wel. Ze gingen bloot tegen elkaar aan staan. En toen stopte hij zijn... zijn...'

Ik zocht een woord.

'Zijn... plasser...'

'Plasser? Wat een stom woord. Pik toch gewoon... of piemel?' zei Herman.

'Hou je bek. Toen stopte hij zijn Japanse plasser in de... in de... in de...'

'Kut,' zei Tommie.

'Snee... in de snee van de vriendin van de koningin der Nederlanden.'

'Snee... dat woord ken ik niet... snee. Is dat kut of niet?' zei Tommie.

'Snee is hetzelfde als kut,' zei Herman, en direct daarop: 'Ik ken ook een goed verhaal, van een man en die stopte zijn lul in de mond van een vrouw, en...'

'Hou je bek, Herman.'

'Nee, laat hem vertellen,' zei Tommie, 'ik heb dat ook weleens gehoord... van een man en die stopte zijn lul in de mond van zijn vrouw... waarom eigenlijk?'

'Jullie moeten werken en naar mijn verhaal luisteren... ik ben nog niet klaar... want dat... ging deze Japanner ook doen. Eerst bracht hij...'

Ik had de aandacht van de jongens weer.

'... Eerst bracht hij het Japanse zaadje van de man bij het eitje van de vriendin van de Koningin der Nederlanden en zo maakten ze een baby. En dat Japanse kind... en dit is ook geheim... wordt nu opgevoed aan het Japanse hof. En wie dat weet, loopt gevaar... dat Japanners dit horen, want die hebben opdracht gekregen iedereen neer te schieten die dit verhaal weet. Dus dat jullie het nu niet rond gaan vertellen.'

'Ik vind het maar een raar verhaal. Dat van die kinderen die gedood werden vond ik wel leuk,' zei Herman. 'Ik ken een verhaal van een meisje waarvan ze de schedel hebben opengezaagd, omdat...'

'Je moet je kop houden!'

'Stil nou, Tjon, nu mag ik vertellen... dus ze zaagden die schedel open omdat ze een ziekte had waardoor ze voortdurend neerviel met schuim om haar mond. Nou, dus toen die dokters die schedel hadden opengezaagd, zagen ze een soort galbult zo groot als een tennisbal...'

'En nu je kop houden, Herman.' Ik voelde me weer misselijk worden.

'En toen hebben die dokters dus met een mes of een vork, dus zo'n doktersmes denk ik, die galbult opengesneden en toen spoot er allemaal pus uit en bloed en enge dieren, krabben en mieren en allerlei klein ongedierte dat zich in haar hersens had genesteld en...'

Ik kotste weer.

'Dit is een veel beter verhaal,' hoorde ik Tommie zeggen.

Gelukkig kwam mijn moeder eraan. Ze had weer glazen limonade voor ons meegenomen.

37

's Avonds was ik alleen in de tuin.

Het zag er allemaal echt uit, al wist ik niet hoe het eruit moest zien. Maar er waren graven en er was prikkeldraad. Er was maar één opening waardoorheen je naar binnen kon, en dan kwam je meteen bij de graven terecht.

'Dit is het graf van Sone, pap,' zei ik.

'Het is mooi, Tjon.'

'En die andere graven... die zijn voor...'

Ik hoopte dat mijn vader antwoord zou geven, maar er kwam niets.

'Voor mamma?' vroeg ik.

Weer kwam er niets.

Opeens gingen de tuindeuren open en liep Joost naar me toe.

'Wat is dit?' vroeg hij.

'Zomaar een spel.'

'Het lijken wel graven, graven van lijken...' Hij lachte, maar ik lachte niet. Hij herhaalde: 'Het lijken wel graven, graven van lijken. Is een grap, Tjon.'

'Ja... O ja... leuk.'

Joost kwam naast me zitten. Hij was serieus. Ik merkte het omdat hij zweeg. Misschien was dat ook bedoeld als grap, maar voorlopig leek het echt.

'Ik moet je iets zeggen, Tjon.'

Hij pauzeerde.

'Wat ik zeg... vind je misschien niet prettig, maar het is niet anders.'

'Je gaat me weer pesten.'

'Nee, Tjon... ik ga je niet pesten. Dit is echt. Ik zal het maar meteen zeggen: ik ga het huis uit. Ik ga ergens anders wonen.'

'Niet.'

'Wel... Echt waar.'

'Waarom dan?'

'Omdat ik ga werken en een eigen kamer kan krijgen.'

'Waarom dan?'

'Omdat ik zelfstandig wil zijn... Ik ben bijna achttien.'

'Waarom dan?'

'Omdat ik... ik hou heel veel van jou en mamma... maar ik word... ik wil hier niet blijven... ik kan het niet.'

'Waar ga je dan naartoe?'

'Ik heb een kamer op het Olympiaplein... je mag daar weleens komen logeren.'

'Het is niet waar.' Ik voelde dat het wel waar was.

Joost zweeg.

'Ik ga mamma vertellen dat je me pest.'

'Ik pest je niet, Tjon. Mamma weet ervan... Ze vindt het heel treurig. En jammer, maar ze begrijpt het wel.'

'En hoe kom je dan aan je geld?'

'Ik ga werken bij Richter in de PC Hooftstraat. Een platenzaak.'

'En wat verdien je daar dan mee?'

'Een paar honderd gulden in de maand, daar kan ik alles van kopen wat ik nodig heb. Luister Tjon, misschien kom ik hier wel terug, maar ik moet weg hier.'

'Waarom dan?'

'Omdat ik... Ik hou heel veel van mamma en jou, maar... we hebben een vreemde tijd achter de rug... met pappa's dood en... de sfeer... ik moet hier weg, broertje. Soms moet dat.'

'Waarom ga je niet in militaire dienst?'

'Omdat ik afgekeurd ben.'

'Afgekeurd?'

'Ja... ik was niet geschikt. Omdat ik astma heb, en... andere dingen.'

'Wat voor andere dingen?'

'Ik kan geloof ik niet van meisjes houden.'

'Wat is dat nou voor iets stoms?'

'Is ook stom. Maar ze vroegen bij de keuring: "Hou je van meisjes" en toen zei ik: "Nee", dat was dus een verkeerd antwoord.'

Joost was heel serieus.

'Weet mamma dit?'

'Ja. Ze vindt het niet erg.'

'Maar hoe kan je nu je plicht voor het vaderland vervullen?'

'Er is geen oorlog, Tjon.'

'Maar er kan weer oorlog komen.'

'Dan hoef ik niet gekeurd te worden. Dan mag iedereen in dienst.'

Zijn antwoord stelde me gerust. Hij hield een hele tijd zijn mond.

'En mamma en Sone?' vroeg ik toen.

'Sone bestaat niet, Tjon.'

Ik geloofde hem niet. Het kon niet waar zijn.

'Die bestaat niet?' vroeg ik.

'Ja, die bestaat wel, maar... dat is te ingewikkeld om uit te leggen. Ik vertelde je dat om je te pesten.'

Hij leek oprecht, maar ik vertrouwde Joost niet. Het moest waar zijn. Hij zei dit tegen mij om mij gerust te stellen. Opeens zag ik het duidelijk voor mij. Hij ging ook weg vanwege mamma en Sone. Hij wilde aardig zijn voor mij, en daarom loog hij over Sone. Waarom zou pappa anders zelfmoord hebben gepleegd?

'Ja,' zei ik, 'waarom heeft pappa dan zichzelf...' Ik kon mijn zin niet afmaken.

'Omdat... Omdat hij het allemaal niet meer aankon, Tjon.

Er waren erge dingen gebeurd in het kamp, en daardoor kon hij niet meer werken. En hij schaamde zich waarschijnlijk voor het feit dat hij niet meer kon werken en de hele tijd met die oorlog bezig was.'

'Klopt dit, pap?' vroeg ik.

'Wat zeg je?' vroeg Joost.

'Nee... het klopt niet,' zei mijn vader.

'Wat zei je?' vroeg Joost weer.

'Niks. Het klopt alleen niet.'

'Wat klopt niet, Tjon?'

Joost pakte een sigaret en stak die op.

'We moeten naar binnen,' zei hij, 'je moet lief zijn voor mamma, ze heeft het erg moeilijk... met alles.'

'Met alles... met wat dan?'

'Dat zal mamma je wel vertellen.'

Nu ging Joost me weer in de maling nemen, ik voelde het.

'Je gaat me pesten.'

'Nee Tjon. Maar mamma zal het een en ander aan je vertellen.'

'Wat dan?'

'Ik wil dat mamma je dat vertelt.'

'Is er iets gebeurd dan?'

Ik voelde me angstig worden.

'Ja, Tjon... niets ergs. Probeer niet zo raar met je ogen te trekken... ik wil het je wel vertellen, maar ik wil dat mamma je dat vertelt.'

'Wat is het dan?'

'Ga naar mamma. Hou op met bekken trekken, Tjon... rustig.'

'Zeg jij het maar, dan ga ik wel aan mamma vragen of het waar is.'

Ik werd hees... ik keek Joost de hele tijd aan. Hij had een blik in zijn ogen die ik niet kende. Of die ik eigenlijk wel kende, hij keek zelfs enigszins angstig.

'Goed,' zei Joost, 'ik zal het je zeggen, Tjon. Het gaat om jou.'

'Om mij?'

'Ja... Er is iets met je... niks ernstigs... gewoon... waarvoor je ook naar de dokter toe moet.'

'Dat weet ik.'

'Nou, nu heeft de dokter gezegd dat je een tijd in observatie moet.'

'Wat is dat?'

'De dokter wil je een tijd bekijken... hoe je bent, wat je doet... alles. Hij wil precies weten wat er met je aan de hand is.'

'Wat is er dan met me aan de hand?'

'Niks... weet ik niet... niks.'

'Waarom wil die dokter me dan bekijken?'

'Tjon, luister... je bent veertien... maar eigenlijk ben je negen, tien... je bent nog heel jong... de dokter wil weten hoe dat komt.'

'Je gaat zeker straks zeggen dat ik een meisje ben!' Ik werd kwaad.

'Nee, Tjon.'

'Ik ben geen meisje.'

'Nee, Tjon.'

Joost stond op en zei: 'Laten we samen naar mamma gaan.'

38

Mamma was erg mooi – ik wilde me tegen haar borsten aan drukken en huilen, omdat het leek alsof ze zelf tranen in haar ogen had.

Joost stond voor me.

'Jij moet het maar zeggen,' zei hij.

Moeder knikte.

'Tjon... Joost gaat een tijdje ergens anders wonen,' zei ze met een zachte stem.

'Dat weet ik. Dat heeft hij me verteld.'

'En heeft hij ook gezegd waar hij naartoe gaat?'

'Op een kamer wonen, en hij gaat werken bij Richter in de PC Hooftstraat...'

Moeder keek naar Joost.

'Wat had ik dan moeten zeggen?' zei Joost. Moeder haalde haar schouders op. En Joost vervolgde: 'En vertel hem ook van dokter Hoopman.'

Moeder knikte weer en keek me toen lang aan, waarna ze me een zoen op m'n wang gaf.

'Wat is er?' vroeg ik.

'Je moet... het is niet erg... maar... jij... jij gedraagt je soms heel anders dan andere kinderen... dat is niet erg, maar we willen graag weten hoe dat komt, en... nou, dus toen heeft dokter Hoopman je onderzocht, en hij wil je wat regelmatiger zien.'

'Ik heb zelf ook wel gemerkt dat ik anders ben dan andere kinderen.'

'Ja?'

'Die houden niet van het leger.'

'Nee,' zei moeder.

'Terwijl er misschien morgen oorlog kan komen.'

'Je bent een flinke jongen.'

'Andere jongens willen spelen, maar ik wil echt... Echte dingen... echte medailles.'

'Maar Tjon,' onderbrak moeder me, 'je gaat dus een tijd naar een huis... een soort ziekenhuis en daar gaan ze naar je kijken.'

'Zo'n huis als waar pappa was,' zei Joost hard en fel.

Ik schrok.

'Hou je hoofd stil, Tjon. Vooruit! Hou je hoofd stil!'

Joost kwam naar me toe en probeerde m'n hoofd tussen zijn elleboog en onderarm te nemen. 'Rustig Tjon... rustig... gedraag je nou eens!'

'Doe kalm met hem, Joost,' zei mamma, en tegen mij: 'Doe rustig nou, schatje... hou je hoofd stil... hou je hoofd in godsnaam stil.'

Joost liet me los.

'Ik pak wel een schone broek voor hem,' zei moeder. Ze verdween naar mijn kamer.

'Luister nou naar mamma, alsjeblieft.'

'Pap, ik moet naar het dodenhuis bij jou...'

'Je bent een soldaat, Tjon.'

'Ik moet vechten, hè pap...'

'Je moet de jappen van je lijf houden, Tjon...'

'Omdat ik een held ben, hè...'

'Ja, Tjon...'

Mamma waste me tussen mijn benen.

'Het is niet erg, Tjon. Ze moeten kijken wat er met je hersenen is. Dat is alles. Het kan komen door je geboorte. Het is waarschijnlijk niets.' Mamma sprak langzaam en duidelijk. Toen ik opkeek, zag ik Joost.

'En vertel hem over mijnheer Epstein, mam,' zei Joost. M'n moeder zweeg.

Ze liet me in een onderbroek stappen en streelde me over mijn hoofd.

Joost ging weg.

'Vind je het erg dat Joost het huis uit gaat?' vroeg mamma. Ze hield mijn hand vast. Ik schudde mijn hoofd.

'Ik mag misschien bij hem logeren,' zei ik.

'Nou, ik denk het niet... ik bedoel, de eerstkomende tijd zal dat niet gaan, denk ik... maar misschien later.'

Moeder bracht me naar bed, terwijl het nog geen avond was.

'Ik zou graag willen, Tjon, dat je even in bed ging liggen...'

Ik deed wat mamma vroeg. Ik kroop in mijn bed waarin weer schone lakens lagen. Ik snoof de geur op van zeep en zee.

Toen ging één van mijn grootste wensen in vervulling: mamma kwam half naast me liggen. Ze legde haar hoofd op mijn kussen vlak bij het mijne.

Ik durfde haar bijna niet aan te kijken. Ze ging met haar hand door mijn haar. Ik keek naar haar ogen die me niet leken aan te kijken en daarna naar haar rode mond.

'Dit huis, Tjon...' Ze maakte de zin niet af. Als mamma sprak, kon ik haar witte tanden zien.

'Het is allemaal te groot, Tjon... voor mij... nu Joost ook weggaat... Het is allemaal te groot... nu pappa dood is.'

Haar hand masseerde mijn achterhoofd.

'En jij... we willen gewoon weten wat het is... wat er gebeurt in dat hoofd van je... want je bent zo lief en we houden zo veel van je.'

Ik sloot mijn ogen.

'Pap, ik zal strijden voor ons vaderland, dat zweer ik met mijn hand op mijn hart. Dat we Indië en ook Duitsland weer terugwinnen, en dat we de jappen definitief zullen verslaan. Met vliegtuigen die ik zal ontwerpen en die ik de namen zal geven van jou en mamma, pap.'

'Dat is goed, Tjon.'

Ik wilde het Wilhelmus zachtjes zingen, om mamma ook een hart onder de riem te steken, maar toen begon mamma weer te spreken.

'En daarom gaan we verhuizen, Tjon. We gaan bij mijnheer Epstein wonen... volgende maand... ik denk dat je dat heel leuk vindt. Mijnheer Epstein is een goede vriend van mamma... daar gaan we dan wonen.'

Ik verstijfde. Ik schokte. Ik voelde hoe mijn moeder mij vasthield.

Epstein, dat was Sone. Ik wist het. Ik voelde het. Ze kon er niet onderuit.

'Pap, hoe red ik mamma...'

'Je moet Sone doden, Tjon.'

'Hoe doe ik dat, pap?'

'Rustig Tjon, rustig!' Mamma drukte me op bed, ik voelde nog hoe haar handen op mijn hoofd drukten.

'Is mamma een verrader, pap?'

'Ze kan niet anders, Tjon. Ze is heel verdrietig. Ze zit gevangen.'

'Ik ben een soldaat. Een goede soldaat.'

'Kan je goed vechten, Tjon?'

'Ja, Majesteit, ik vind het niet erg om mensen dood te schieten. Als dat moet. Voor het vaderland.'

'Ken je het Wilhelmus, Tjon?'

'Ja, Majesteit... de melodie... de woorden niet... precies. Ik heb moeilijkheden met lange woorden, weet u.'

'Dat is niet erg, Tjon. Kan je een vliegtuig besturen?'

'Ja, Majesteit... ik kan ook vliegen. Een vliegtuig werkt met een knuppel. Dat is het stuur. Doe je die omhoog, dan stijgt het vliegtuig, en doe je die omlaag, dan daalt hij. Je kan verder gas geven, dat weet ik van Buck Danny van de Buck Danny stripboeken.'

'Heel goed, Tjon. Misschien moet je ook in de jungle vechten.'

'Dat kan ik ook, Majesteit. Ik kan bijvoorbeeld een kuil graven, en daar doe je dan bladeren overheen, zodat niemand ziet dat het een kuil is. En als de vijand dan komt, een Duitser of een Japanner, dan lok je hem naar die kuil en daar valt hij dan in. Nu kan je het nog mooier maken. Door bijvoorbeeld allemaal speren met de punt naar boven in die kuil te stoppen. En als je de Japanners of die Duitsers daar dan in hebt gelokt, dan vallen ze dus in die speren en dan zijn ze dood.'

'Heel goed, Tjon.'

'En ik zou een hond kunnen nemen. Als vriend... als echte vriend bedoel ik. Die noem ik dan Rover, of een naam die die hond zelf leuk vindt. Maar dan wel een naam, waardoor iedereen toch bang voor hem is, terwijl hij ook lief is voor mij. Dus ik kan hem ook leren vechten. Dat hij dus bijt naar mijn vijanden. Dat kan ik een hond leren. Dat doe je door hem koekjes te geven, iedere keer dat hij iets goed doet. Dan luistert hij naar je.'

'En mamma?'

'Mamma en mijnheer Epstein. Misschien moeten mamma en mijnheer Epstein in het kamp, Majesteit. Ik wil graag vechten voor ons land.'

39

Het was oorlog.

Terwijl mamma alles in dozen pakte, bewaakte ik met mijn vader en Wolf, mijn herdershond, het kamp.

'Hij doet in melk geweekt brood op een schoteltje en zet dat bij de voordeur neer,' zei Joost tegen mijn moeder.

De verrader. Hij had het schoteltje meegenomen naar de keuken.

'Je krijgt heus je eten wel hoor, Wolf.'

Wolf vond het niet erg dat hij geen eten kreeg, want hij was een door militairen getrainde hond die was weggelopen omdat hij mij had gezien en toen alleen maar bij mij wilde blijven.

Ik rookte een sigaret op een van de graven, zodat mamma mij niet kon zien.

Ik zou medailles moeten hebben om op deze graven te leggen, en ook een Nederlandse vlag.

Ik besloot de straat op te gaan met Wolf.

Ik liep de deur uit.

'Je moet niet bang zijn, Wolf. Ik ben bij je. Er kan je niks gebeuren. Er zijn wel allemaal gevaren, want het is oorlog, maar er kan je niks gebeuren. Je zult niet doodgeschoten worden, want de jappen en de Duitsers zijn ver weg. Je moet niet bang zijn. Hoor je dat? Braaf!'

Ik durfde niet verder te lopen dan de hoek.

'Brave hond. Je krijgt zeker een medaille omdat je mensen hebt gered. Een blinde man die in het oorlogsgeweld geraakt werd door een vijandelijke kogel in zijn been. Hij zou zeker sterven toen de vijandelijke tanks eraan kwamen, maar voordat de vijandelijke tanks kwamen, had jij, Wolf, de blinde al gered. Je had zijn andere been in je bek genomen en hem zo naar ons gebied getrokken, zodat de vijandelijke tanks niets tegen hem konden beginnen. Er zijn vijandelijke tanks, vijandelijke huizen, vijandelijke... vijandelijke...'

En opeens stond Truusje tegenover me.

'Hai, Tjon.'

Ze had echte borsten die bijna over mijn hoofd reikten.

'Ha, Truus.'

Ze liep meteen door.

Moest ik haar niet waarschuwen dat het oorlog was, dat Sone met mijn moeder ging trouwen, en dat ze zich moest verbergen voor vijandelijke aanvallen van vijanden?

Ik voelde hoe de schaamte zich in mijn hoofd vastzette.

'Ze was bang voor je, Wolf. Dat kon ik zien. Want ze is een echte vrouw. En die zijn vaak bang voor oorlogshonden. Ze begrijpen niet dat oorlogshonden ze juist beschermen.'

Ik volgde Truus met mijn ogen. Ze zag er niet droevig uit, terwijl ze toch nog steeds het verdriet van Elsje moest meedragen.

'Misschien is Truus wel een vijandin, Wolf.' Maar ik verwierp deze gedachte meteen. 'Nee, dat kan niet. Daarvoor is Truusje te mooi. Ze lijkt al op een moeder...'

Voorzichtig probeerde ik naar de andere hoek te lopen.

'We moeten een oorlogsplan opstellen, Wolf. Met pappa en jou. En met mij. Als held. We moeten iets bedenken, zodat jij net zo veel held bent als ik. En pappa natuurlijk ook. Maar dat ik, als ik medailles krijg, dat ik die dan eerlijk verdeel tussen pappa en jou.'

Ik draaide me om en liep weer naar huis.

'Pap, ik moet vechten en de Japanners ombrengen.'

'Ja, Tjon.'

'Maar hoe, pap?'
'Dat kan jij, Tjon.'
'Sone moet dood, die moet vermoord... Mijnheer Epstein.'
'Wolf kan misschien...'

Ik kreeg de gedachte niet te pakken. Ik was weer thuis. Ik liep de tuin in. Ik kon achter het slaapkamerraam mamma zien die aan het inpakken was.

'We hebben weinig tijd, Wolf.'
'Hoe kan ik helpen?' vroeg Wolf.
'Je moet misschien jappen doodbijten.'
'Dat kan ik makkelijk,' zei Wolf, 'en ik kan ze verscheuren.'
'Ja, verscheuren.'
'Niet als een dolle hond, maar als een afgerichte militaire oorlogshond.'
'Ja, goed, want dat ben je.'
'Ja, ik ben een afgerichte oorlogshond. Vroeger zorgde ik dat blinde mensen over straat konden lopen zonder tegen de tram op te lopen, of tegen een lantaarnpaal zodat ze een hersenschudding zouden krijgen, maar nu het oorlog is, kan ik gewoon door de vijandelijke linies lopen. Ik kan over de organisatie lopen en een viaduct van vrienden nemen... of krijgen... een viaduct.'
'Je bent een lieve hond.'
'Ja.'
'Je kan veel dingen niet, maar dat is niet erg, Wolf.'
'Nee, dat is niet erg.'
'Je mag hier best plassen, Wolf. Dat is niet erg.'
'Nee, dat is helemaal niet erg.'
'Want je bent toch een held.'
'Ja.'
'Jij kan... jij kan kinderen die... die bijvoorbeeld verdrinken, die kan jij redden, want jij kan zwemmen.'
'Ja.'
'En je kan, en je kan, en je kan... kinderen die vlak voor een auto spelen, en die auto overrijdt ze, zodat die kinderen dan dood zijn... die kan jij ook heel snel, met gevaar voor eigen

leven... redden. Voor die wielen wegtrekken, begrijp je wel?'

'Ja.'

'En je kan misschien een brief aan Truusje brengen, met in die brief, die ik dus heb geschreven, een waarschuwing. Dus dat ik in die brief tegen Truus zeg dat het oorlog is. Of zullen we dat maar niet doen?'

'Nee, laten we dat maar niet doen.'

'Maar je kan wel naar Truus, Wolf, en dan bijvoorbeeld zeggen dat ik een held ben.'

'Ja, dat kan.'

'Maar dat kan eigenlijk niet, want je bent een hond.'

'Ja.'

'En je houdt ook van pappa, hè.'

'Ja.'

'En pappa, jij houdt ook van Wolf hè?'

'Ja.'

'En ik hou van jullie... Maar het is oorlog. Er moeten mensen dood. En ik weet nog niet hoe.'

40

'Waardoor het opeens slechter ging, weet ik niet, maar opeens trok hij zijn broek uit en plaste hij,' zei de zuster – ze had de dweil nog in haar handen – 'en toen ging hij op zijn handen en voeten lopen. En kruipen.'
De dokter keek op een papier.
'En toen hij plaste hield hij zijn dingetje niet eens vast,' zei de verpleegster.
De dokter haalde zijn schouders op.
'Tjon!' riep hij opeens. 'Je hebt een tekening voor mij gemaakt, Tjon. Daar ben ik heel blij mee, maar kan je zeggen wat het is?'
Ik blafte.
'O, je bent een hond,' zei de dokter.
'Zal ik een bak water voor hem halen?' vroeg de verpleegster. De dokter schudde zijn hoofd.
'Maar je bent vast een intelligente hond. Klopt dat?'
'Ja,' zei ik.
'Wat voor hond ben je?'
'Een militaire hond.'
'Hoe heet je?'
'Wolf.'
'Wat kan je zoal, Wolf?'
'Mensen helpen als het oorlog is.'
'Is het oorlog, Wolf?'

'Ja.'

'Waar precies?'

'In het kamp.'

'In het jappenkamp?' vroeg de dokter.

'In het kamp hier... bij ons.'

De dokter ging op zijn stoel zitten.

'Braaf,' zei hij en hij keek me aan.

'Ga maar weg, Wolf,' zei ik, 'maar blijf in de buurt.'

'Wat zeg je...Wolf... of Tjon... je mond beweegt.'

'Ik zei dat Wolf in de buurt moest blijven, dokter.'

'Heel goed... gevaar dreigt.'

'Ja... en hij kan helpen.'

'Helpt hij je vaak?'

'Tegen de jappen... En tegen de Duitsers, geloof ik.'

De verpleegster was naast me komen staan en aaide me heel licht over mijn haar. Ik schrok.

'Niet doen, Francien!' zei de dokter.

'Tjon, zou je je broek aan willen trekken?' vroeg de dokter.

'O ja,' zei ik. Ik pakte mijn broek, die een beetje nat was, want voor de helft lag hij in de plas die Wolf had gedaan, en ik probeerde hem aan te doen. Maar wat was de voorkant ook alweer? Ik stak een been in een pijp, maar toen kwam hij andersom te zitten, en toen ik de broek weer op een andere manier probeerde aan te trekken, bleek de bovenkant aan de onderkant te zitten.

'Is het moeilijk, Tjon?'

'Het is geen militaire broek, die zijn makkelijk.'

'Laat je broek maar uit... heb je nog een onderbroekje bij je? Ik geloof het wel... die heeft je moeder geloof ik meegegeven. Zuster Francien, wilt u even kijken?'

De zuster opende mijn tas en vond een onderbroek.

'Doe die maar aan. Zuster Francien, helpt u Tjon even?'

De zuster hield m'n onderbroek voor en zei precies als mamma: 'Vooruit, piep in.' Het was fijn dat ze dat zo zei.

De dokter pakte nog een keer mijn tekening, en vroeg: 'Wat stelt het nu voor, Tjon?'

'Het is een plattegrond, dokter.'

'Een plattegrond?'

'Ja... van het kamp.'

'Van welk kamp?'

'Mijn kamp. Het is een jappenkamp, maar ook Duitsers kan ik daar gevangenhouden.'

'Duitsers.'

'Ja.'

'Maar in een jappenkamp zitten toch gevangenen die door de Japanners zijn vastgehouden?'

'Ja... eh... ja... maar dit is dus, nou ja, dit is dus... voor allemaal... en wij zijn de bevrijders... en daarom is dit ons kamp... voor iedereen... voor oorlogsmisdadigers.'

'Aha,' zei de dokter. En hij vervolgde: 'Heeft dit kamp ook een naam?'

Ik slikte, want dat was ik vergeten.

'Kamp Hoopman,' zei ik, en ik voelde me trots. Misschien kende de dokter Hare Majesteit de Koningin wel en zou hij haar kunnen vragen mij een ridderorde te geven.

'Zo. Ik heet ook Hoopman.'

'Het kamp is naar u genoemd, dokter.' Nu zou hij zeker aan Hare Majesteit de Koningin om een ridderorde voor mij vragen, maar dan moest ik er eigenlijk ook één vragen voor Wolf en mijn vader.

'Goh, er is een concentratiekamp naar mij genoemd... dat zouden mijn ouders leuk hebben gevonden, Tjon. Die zaten in een kamp dat Auschwitz heette, ken je dat?'

'Nee, dokter.'

De dokter knikte.

'En wat gebeurt er allemaal in dat kamp van jou?' Hij hield de tekening voor zich.

'Er is van alles. Er zijn graven voor de kinderen. Er mag echt gemarteld worden, met echte mensen. We zouden daar ook mensen kunnen execu... ex... ekku... voor een vuurpoliton... en dan voor een voorpoliton... dat ze dan eerst moeten bidden... en dan... voor een vuurpeloton... en dan zijn er graven om ze in te begraven, er is prikkeldraad... ik zit nog te denken aan een radiotoestel en elektriciteit en ik wil nog een organisatie waaronder je kunt zitten plus een viaduct voor iedereen.'

De dokter schreef van alles op.

'Zo... mooi... waarom een radiotoestel, eigenlijk, Tjon?'

'Dan kunnen de gevangenen naar de Beatles luisteren, en naar de Rolling Stones. Mijn broer heeft platen van ze. Alle platen heeft hij. Nou ja, de meeste. Hij gaat werken in een platenzaak.'

'Joost? O... Moet er dan geen platenspeler in het kamp zijn?'

'Nee, want het is buiten, en als het regent, dan gaat die platenspeler kapot. Dus daarom moet er een draagbare radio komen. Die heb ik gezien. En via de radio kunnen ook militaire berichten worden doorgegeven, die dan door iedereen worden gehoord.'

'En er moet elektriciteit komen?'

'Ja.'

'Waarom, Tjon?'

'Dat is echt.'

'Echt?'

'Ja... elektriciteit... dat is echt.'

'Hoe bedoel je dat?'

'Nou... kijk... met elektriciteit kan je van alles doen. De lamp aansteken... en machines werken op elektriciteit, dus je zou dan allemaal machines in het kamp kunnen hebben. Elektriciteit is belangrijk. Misschien wel de belangrijkste uitvinding van onze tijd. Samen met het atoom. Maar je kunt het niet zien.'

'En dan... wat bedoel je met een organisatie waaronder je kunt zitten?'

Ik wist het niet, en ik voelde weer aandrang om te plassen, ik pakte mijn plasser en kneep hem dicht.

'Een organisatie en een viaduct... dat is niet onbelangrijk.'

'Nee... waarom eigenlijk niet, Tjon?'

'Een organisatie en een viaduct... dat hoort.'

De dokter knikte langzaam.

'Waarom zit je met je hand aan je piemel... moet je een plas doen, Tjon?'

'Nee, niet echt.'

'Moet zuster Francien even met je naar de wc?'

'Nee, ik moet al niet meer, dokter.'

'Hoe oud ben je, Tjon?'

Ik wist het niet! Ik wist het echt niet! Ik rende van de stoel af, liep de gang door en was net op tijd bij de wc.

'Goed dat je de deur openhield, Wolf.'

'Ja, dat leek mij een goed idee.'

'Pap... pappa... hoe oud ben ik?'

Pappa antwoordde niet.

'Dokter, dokter!' hoorde ik zuster Francien zeggen. 'Hij bonkt met zijn hoofd tegen de tegels van het toilet.'

Ik zag vanuit een ooghoek mamma binnenkomen.

Met een onbekende man.

Ik probeerde mijn kop stuk te slaan zodat alles eruit kon.

41

Ik werd wakker in mijn eigen bed. De lakens waren gewassen. Ik pakte een Buck Danny en begon te lezen – althans, ik keek naar de plaatjes – maar ik hoorde stemmen en ging mijn bed uit.

Door een kier in de deur zag ik mamma, en de onbekende man. Dat moest mijnheer Epstein zijn bij wie we gingen wonen.

'Hoopman is de beste,' hoorde ik de man zeggen.

'Maar hij weet het ook niet,' zei mamma.

Ik zag dat mamma bezig was om iets in een doos te stoppen.

'Allemaal herinneringen... nare herinneringen...'

'Gooi ze dan weg,' zei de man.

'Dat wil Joost niet.'

'Hoe lang moet-ie?'

'Drie maanden,' zei moeder.

'Trek het je niet aan.'

Joost moest waarschijnlijk drie maanden heel hard werken. Jammer dat hij niet van het leger hield, want dan had ik een militaire functie voor hem kunnen verzinnen, en dan had hij misschien van Hare Majesteit mettertijd een medaille kunnen krijgen.

'Pap, Joost is toch eigenlijk ook een hardwerkende soldaat?'

'Eigenlijk wel.'
Opeens leek het of de man mij leek te horen.
'Ik geloof dat Tjon...'
Ik rende naar mijn bed.
'Wolf help me.'
'Ik zal je helpen.'
Mamma kwam mijn kamer binnen.
'Was jij uit bed, Tjon?'
'Ja, maar ik ben er weer in gegaan.'
'Ben je moe?'
'Nee.' De stem van mijn moeder klonk lief. Maar het leek of ze niet helemaal gerust was.
'Ik word goed beschermd, mam,' zei ik.
'Door wie?' vroeg moeder.
'Wolf. Hij beschermt jou ook.'
Moeder zei niets terug. Ze dekte me toe. Het was haar niet kwalijk te nemen dat zij niet wist dat er oorlog was. Ze was eigenlijk gevangene van Sone. Ik kon beter doen of ik dat niet wist. Zo wist Truusje ook niet dat er oorlog was. Joost wel, maar hij wilde er niet over spreken om mij en mamma niet ongerust te maken. En het zou best kunnen dat Joost zijn eigen plannetje had. Ook hij vond dat Sone moest worden opgeruimd. Maar mijnheer Epstein leek helemaal niet op Sone. Hij had een zachte stem. Maar dat hoefde niets te zeggen. Toen ik mijn ogen opendeed, zag ik mamma. Ze keek ongerust.

'Ik wil dat je even praat met mijnheer Epstein, Tjon. Hij was bij je toen je flauwviel bij dokter Hoopman. Ik denk dat je hem heel aardig zult vinden. We gaan binnenkort bij hem wonen... tenminste... jij gaat eerst een tijdje naar dokter Hoopman, en dan... later...'
Ik besloot Wolf vooruit te sturen.
Wolf liep de deur uit en ging voor mijnheer Epstein staan.
'Zo... ben jij Tjon? Ik ben mijnheer Epstein.'
Wolf blafte.
'Waarom doe je dat nou?' vroeg moeder.

'Geeft niets,' zei mijnheer Epstein. Hij ging verzitten. Ik vroeg me af of ik Wolf bij me zou roepen.

'Ik heb een geheim,' zei Epstein opeens. Hij keek me aan.

'Je weet niet hoe hij gaat reageren, Sam,' zei moeder, maar mijnheer Epstein deed net of hij moeder niet hoorde.

'Tjon,' zei hij, 'ik moet je iets laten zien, en misschien schrik je ervan, maar dat hoeft niet.'

'Hier Wolf,' zei ik.

'Weet jij wat het is pap?' vroeg ik.

Pappa zweeg.

Mijnheer Epstein stroopte zijn broek op en zei: 'Kijk, Tjon... ik heb een houten been. Althans, het was vroeger van hout. Het is nu van plastic. Ik heb een plastic been.'

Hij klopte ertegen.

Een oorlogsgewonde! Een echte. Maar van de verkeerde kant. De Amerikanen konden echte benen maken. Dat was zeker. Dit was een plastic been, dus was mijnheer Epstein een Japanner of een Duitser. Maar hij zag er helemaal niet uit als een Japanner of een Duitser en hij sprak gewoon Nederlands.

'Je mag het aanraken, hoor Tjon.'

Dat deed ik niet. Het kon een truc zijn. Hij kon er gif op hebben gesmeerd.

En als ik het dan aanraakte en ik stopte toevallig mijn vingers in mijn mond, dan had ik dat gif binnen. Ik moest voorzichtig zijn.

'Weet je hoe ik aan dat been kom?'

Ik keek weg. Hij zou met een verhaal komen dat ik misschien niet wilde horen.

'Het is geen eng verhaal, hoor Tjon. Ik ben zo geboren.'

Hij was mismaakt! Een mismaakt mens! Het was duidelijk. Hij was in dienst van Sone. Dat kon niet anders. En hij had de opdracht om mijn moeder in de gaten te houden.

Op dat moment werd er aan de voordeur gebeld. Moeder ging opendoen.

Mijnheer Epstein deed snel zijn broekspijp naar beneden.

Even was ik bang. Het kon zijn dat Sone binnenkwam. Dan was ik verloren.

'Wolf, blijf hier.'

Maar ik hoorde een bekende stem van een vrouw.

Het was Truusje.

Ze stond opeens voor me. Groter dan ik. Met weer die echte borsten die door haar truitje wilden komen. Ze was net zo groot als mamma. Ze keek me aan alsof ze bang voor me was. Ik probeerde te lachen, maar dat ging niet.

'Ik hoorde dat je ziek was,' zei ze zacht, 'en toen zei mijn moeder... nou ja... ik weet niet. Hier, een cadeau.'

Ze had een geschenk voor mij. Het zat in een pakje en ik maakte het snel open. Nog voor ik het open had, zei Truus: 'Je zei dat je medailles zo mooi vond. Mijn vader organiseert hier de avondvierdaagse en we hadden nog medailles over.'

Ik was verpletterd.

'Nou, ik ga weer,' zei ze.

Ik pakte haar bij haar borsten. Dit was werkelijk het mooiste cadeau dat ik ooit had gehad.

Truus rende weg. Wolf ging haar achterna.

'Snel! Snel!' zei mijnheer Epstein tegen mijn moeder. 'Hij heeft zijn gulp opengeritst.'

'Als hij maar niet plast,' zei moeder.

Toen ze Wolf vastpakte, kwam er vreemd vocht uit zijn piemel.

42

Ik lag met mijn medaille op één van de graven in de tuin. Ook pappa was in de buurt.

Ik speelde met de medaille. Een echte medaille. Hij was wel licht. Ik vond eigenlijk dat medailles zwaarder moesten zijn, maar ik zou misschien wel een zware medaille krijgen als ik mijn heldendaden had verricht. Maar misschien waren medailles wel expres licht gemaakt, omdat ze anders de kleren zouden scheuren waarop ze werden gespeld... Ja, dat moest het zijn.

Moeder stond aan het eind van de tuin naar me te kijken met mijnheer Epstein.

'Ik heb delen van een handdoek in zijn onderbroekjes genaaid, bij wijze van luier, want die urine bijt z'n gewone broeken uit,' zei ze.

'Wanneer gaat hij naar Hoopman?'

'Zaterdag.'

'Wat doen die pillen?'

'Helemaal niks.'

Als mamma een stap naar voren zou doen, zou ze in mijn kamp zitten. En mijnheer Hoopman ook. Ik wilde zijn been niet zien. Hij was natuurlijk niet geboren met een houten been, dat loog hij. Hij was oorlogsslachtoffer, omdat hij bij de verkeerden had gezeten. Hij had willen vluchten voor de Amerikanen. Waarschijnlijk was hij Duitser, want hij zag er niet Japans uit.

Hij kon Sone zijn, in vermomming. In de Donald Duck had eens gestaan dat ze met plastic je gezicht konden veranderen, zodat je een nieuw gezicht kreeg. Ik probeerde naar mijnheer Epstein te kijken, maar niet te lang.

'Hij is ergens bang voor,' zei mijnheer Epstein.

'Laat hem maar,' zei mamma.

'Mamma en mijnheer Epstein gaan trouwen, hè pap?'

'Het is Sone, Tjon. Die jappen zijn slim.'

'Ja, mamma houdt helemaal niet van hem. Maar het moet van hem. Jij hebt zijn been eraf geschoten, hè pap?'

'Ja.'

'Want hij wilde vluchten.'

'Ja.'

Er werd weer gebeld bij ons thuis. Zou dat Truusje zijn? Waarschijnlijk niet – ze had mij geslagen, terwijl ik lief voor haar was. Ik had haar waarschijnlijk pijn gedaan toen ik haar borsten voelde. Maar ik wist niet dat dat pijn deed. Ik kon niet anders. Bij mamma deed dat nooit pijn.

Even later kwam mamma weer naar de tuin.

'Tjon, een brief van Joost voor jou.'

'Een brief? Een echte brief?'

'Ja.'

Mijn moeder klonk verbaasd. Waarschijnlijk omdat zij geen brief had gekregen. Ik liep naar haar toe en pakte de brief aan. Hij was vrij groot. En het was inderdaad een echte brief. Er zat ook een echte postzegel op. En de postbode was geweest, en had zelfs aangebeld, dus het kon niet anders dan een echte brief zijn. Hij was zo dik dat hij niet door de brievenbus had gekund.

Er zaten dingetjes in, dat voelde ik. Ik maakte de brief open. Er rolden twee wasknijpers uit.

Ik probeerde, zo goed en zo kwaad als het ging, de brief te lezen.

'Beste Tjon. Dit zijn wasknijpers. Die maak ik. Mooi hè? Je moet eens goed kijken hoe een wasknijper in elkaar zit. Is dat niet knap? Met een wasknijper kan je de was ophangen en je kan hem op je neus zetten.' (Om die zin moest ik wel lachen.) 'Iedereen zet hier af en toe een wasknijper op zijn neus, en dan moeten we lachen. Verder doe ik veel aan sport. Wees lief voor mamma.'

Ik las de brief nog eens – en ik moest weer lachen om die wasknijper op je neus. Joost schreef het, dus het kon niet kinderachtig zijn. Ik keek naar mamma, die aan het begin van de tuin stond.

'Wat schrijft Joost?' vroeg ze.

'Dat je een wasknijper op je neus kan zetten. Hij stuurt mij twee wasknijpers.'

Mamma draaide zich om en liep naar binnen.

Ik besloot naar buiten te gaan. Er moest oorlog gevoerd worden, en ik moest zorgen dat er wapens waren. Echte wapens. Die mensen konden doden. Ik had wel een hamer en een hark, maar ik moest eigenlijk iets echts hebben: een pistool of een geweer of iets dergelijks. Ik had verder soldaten nodig die voor me zouden willen vechten als ik generaal was.

Ik liep de deur uit en ging naar de speelgoedwinkel aan het begin van de Koninginneweg en keek in de etalage.

Er lag een zilveren cowboygeweer in de etalage, dat het deed op klappertjes.

Het was geen echt geweer, maar wel mooi. Het was veel te kinderachtig voor mij, het was iets voor als je acht was, of zeven, maar het geweer was eigenlijk wel zo'n geweer als ik bedoelde. Ik zou er iets aan kunnen vermaken, zodat je er echt mee zou kunnen schieten. Dat kon misschien best. Maar hoe moest ik aan zo'n geweer komen?

Ik stak een sigaret op – ik had de sigaretten van pappa in zijn bureau gevonden en die naar mijn kamer verplaatst. Ik inhaleerde diep. Ik moest geld hebben om zo'n geweer en een pistool te kopen, ook al waren ze niet echt. Je kon er angst mee oproepen. Mensen zouden kunnen schrikken. Maar een oorlog kon je er niet mee winnen, dat begreep ik wel.

Opeens hoorde ik achter me: 'Jezus, wat ben jij nog een kinderachtige lul, zeg.' Het waren Thomas, Gerard en Bert, die van school af waren.

'Ik heb klassen overgeslagen,' zei ik. Ik voelde me nerveus worden. Ze waren allemaal veel groter, en het leek wel of ik kleiner was geworden.

'Jij bent niet goed bij je hoofd, heb ik gehoord,' zei Thomas, 'je was al nooit goed bij je hoofd, maar het is erger geworden.'

'Ha ha, ha ha... dat is een leuke mop,' lachte ik, 'maar het klopt inderdaad wel, ik ben gek. Ik ben niet goed bij m'n hoofd.'

Mijn hart klopte in mijn hals. Ik probeerde Wolf en mijn vader te roepen, maar die kwamen niet.

'Jongens, laat hem met rust, het is zielig,' zei Bert, 'het is iets met z'n hoofd.'

'Ja, met mijn hoofd,' zei ik.

'Zit Joost nog in de gevangenis?' vroeg Thomas.

Ik schrok en ik liet wat urine lopen.

'Ja... ja... die zit nog in de gevangenis.'

'Ja, dat krijg je als je aan kleine jongens zit en steelt,' zei Thomas.

'Laat hem met rust, Thomas,' zei Bert.

Toen ging Gerard recht voor me staan.

'Mensen met een ziekte horen hier niet, vind je wel?'

'Nee, die horen hier niet,' zei ik.

'Die horen dood te zijn!'

'Ja.'

Ik deed het in mijn broek.

'En jij hebt een ziekte... in je hoofd,' ging Gerard door.

'Gerard, hou op, hij doet het in zijn broek... getver, getver... getverdemme, Tjon... z'n pis loopt langs z'n benen!'

'Loopt je pis langs je benen?'

'Ja!'

'Dan moet je dood... dan moet je kapotgeslagen worden!' Gerard gaf me een klap voor m'n kop en zei: 'En stop met pissen.'

'Hij is ziek, Gerard,' zei Bert. Maar Thomas zei: 'We moeten hem z'n broek van z'n reet trekken.'

'Ja... om wat je met Truusje hebt gedaan.'

'Ja, dat is waar,' zei Bert nu, 'daarvoor heb je straf verdiend.'

'Ja,' zei ik.

'Herhaal niet alles wat wij zeggen, debiele lul, met je zieke kop!'

'Ha ha... ha ha...' lachte ik.

'Wat wil je?' vroeg Gerard. 'Helemaal in elkaar gepoeierd worden en dat we ook je oog uitsteken, of dat je gewoon je broek uitdoet?'

'Ja, ja, dat is goed,' zei ik. Ik had geen pis meer, maar ik voelde kramp in mijn buik.

'Vooruit jongens, pak hem.'

Ze pakten mij en trokken m'n broek naar beneden.

'Getver... getver! Getverdemme... Hij heeft ook in z'n broek gescheten! Weg... weg.'

Opeens renden ze weg.

'Wolf! Wolf, ben jij daar?'

'Ja.'

'Er moeten mensen dood.'

'Ja.'

'Vind je ook niet, pap?'

'Ja, je hebt gelijk, Tjon.'

Ik lag op de grond en keek opeens in het gezicht van een buurman.

'Ben jij dat, Tjon? Ben je bij?'

'Ja.'

'Arme jongen.'

Hij tilde me op, daarna weet ik niets meer.

43

Ik kon het kamp vanuit mijn bed zien, hoewel het donker was. Het kamp waarvan ik het hoofd was. Het kamphoofd! Het kamp waarin de mensen zouden zitten die straf verdienden, en het was ook het kamp waar de mensen dood zouden worden gemarteld. Door mij.

Het kon niet anders. Want ik was ook rechter en in dienst van de Nederlandse koningin en de koningin van Indië en ook van Japan en Duitsland. Ik moest rechtspreken, en ik werd daarbij geholpen door Wolf en mijn vader.

Ik keek op de wekker die naast mijn bed stond. Ik herkende de grote wijzer en de kleine en ze stonden vlak bij elkaar. Het was misschien wel zes uur, of vijf. Ik knipte het bedlampje aan en stapte mijn natte bed uit en liep naar mijn bureautje. Daar vond ik een blocnote en een pen. En ik schreef op: 'Veroordeeldt weeggens oorlogsmishandelingen.'

Ik dacht na. Natuurlijk moesten Thomas, Bert en Gerard erop, maar moesten ze ook dood?

'Pap, wie vind jij dat er op moet?'

'Alle vijanden...'

'En wie zijn dat?'

Pappa zei iets, maar dat wilde ik niet horen. Ik sloeg mezelf. Ik sloeg mezelf hard – tot het bloed uit mijn neus kwam. Mamma was op het geluid af gekomen. Ik was in een hoek van de kamer gaan zitten. Ze deed de deur open en wilde naar me toe komen, maar ik rende naar de andere hoek van de kamer en bonkte met mijn hoofd tegen de muur.

In de gang hoorde ik de Japanse Duitser aankomen, mijnheer Epstein.

Opeens zag ik hem in de deuropening staan. Hij had een kamerjas aan, en ik zag dat hij een enorme onderbroek aanhad, en maar één been – z'n andere been was een vleesklomp. Mamma liep naar me toe.

'Hij moet overgeven,' hoorde ik Epstein zeggen.

Ik voelde de hand van mamma op mijn achterhoofd en sidderde.

'Wat is er, Tjon?'

Ik kneep mijn ogen dicht, maar ik bleef de vleesklomp zien.

'En hij heeft in z'n bed gepist,' zei de Duitse Japanner.

Hij liep weg.

Moeder verschoonde mijn bed en probeerde me het bed weer in te krijgen, maar het lukte haar niet. Ze trok aan me, maar het ging niet.

'Tjon, we gaan overmorgen naar dokter Hoopman... ik weet ook niet wat er met je aan de hand is... waarom luister je niet naar me?'

Ik zag de rode plek op de muur en bevoelde mijn hoofd. Toen werd ik moe en viel in slaap.

Ik werd in mijn bed wakker.

'Ze hebben mij gemarteld, pap.'

'Ja, jongen.'

Het was nog steeds nacht. Mamma had mijn deur opengelaten. Ik zag licht branden en ik hoorde praten. Ik ging voorzichtig mijn bed uit en liep naar mijn deur. In de voorkamer zaten de Duitse Japanner en mamma. Ze spraken met elkaar.

'Het Riod is vrij zeker.'

'Hoe dan,' vroeg moeder.

'Ze hebben getuigen... hij heeft bijna alle manschappen aan de Japanners verraden.'

Mamma begon zacht te huilen.

Het ging over oorlog. Hij vertelde haar oorlogsverhalen. Hele enge verhalen. En daar moest mamma om huilen. Ik probeerde mijn tranen te verdringen. Verhalen over verraders.

'Waarom... waarom heeft hij het niet tegen mij gezegd?' vroeg mamma.

'Jij hebt ook in een kamp gezeten... had je dan nog van hem gehouden?'

'Wolf, kom hier,' zei ik zacht.

Wolf kwam en ging naast me zitten.

'Ik moet nu echte wapens hebben. Jij bent mijn getuige dat ik rechtspreek. Ik heb zojuist Epstein veroordeeld tot opsluiting in het kamp en daarna marteling tot de dood erop volgt!'

'Dat is goed,' zei Wolf.

Ik ging naar bed. En ik dacht na. Ik dacht aan pappa en bonkte met mijn hoofd tegen de muur. Twee keer. Daarna viel ik weer in slaap.

44

'De Rechtbank van Tjon van Heemst heeft beslotten dat meneer Epstein in het kamp gestopt moet worden, omdat hij martelverhalen verteldt. Zo verteldde hij aan mijn moeder verhalen over veraadt. In het kamp. En omdat mamma ook in het kamp heeft gezeten, onder een organisatie, zullen wij hem zoemf! kragh! aah! martelen in het kamp van het Nederllandtse Leeger. Wij zullen hem stompen en schoppen tot wij de waareit uit hem kreige, en hem egt martelen met egte wapens die de doodt tot vervolg kunnen hebben met moordt en doodtslag. Hij moedt doodt omdat hij Epstein heet en 1 been heeft waarmee hij in de oorlog zeelig deedt, om zeelig te zijn en eronderuit te koomen. Misgien kunne we met een zaag als hij vastgebonden op een stoel zit, met knopen, zijn kop doormidden zaagen, of eerst met een hammer flink op z'n kop timmere en dan pas zaage. Zoiets. Of we kunne hem met een bijl zijn vingers afhakke, één voor één en één voor allen, en dan moet hij zijn eige vingers opeette en terwijl hij dat doet zaagge we bij zijn nek hem doormidde en moet hij ook zijn eige bloedt drinke uit een fies kopje koffie. En ook viaduct. Of hij moedt in een doodtskist gan ligge, en dan doen wij het deksel erop en spijkeren hem vast zodadt hij er nit uitkan. En dan gooie we hem in het water, zodat het water tussen de kiere naar binnen loopt en hij verdrinkt. De rechtbank heeft dat beslotten, omdat hij zelf een vuile fieze verraaier is die doodt moedt omdat hij gewoon een smerige japaanse duitser is met een fies been.'

Ik kon nadat ik het allemaal opgeschreven had nog net naar de wc lopen om te kotsen. Niemand had me gezien. Het was goed dat het allemaal op papier stond.

Wapens, waar haalde ik die vandaan?

Ik kon de Duitse Japanner voor een auto duwen, maar dat was niet eerlijk. Dan was het een verkeersongeluk, en kon ik niet als held worden vereerd.

Ik kon hem ook niet neersteken met broodmessen, want dat ging niet met die messen. Ik kon al geen boterham snijden. Dat moest ik niet doen. Het was het beste om een ander wapen te zoeken of anders uit te vinden.

'Waar luister je naar, Tjon?' vroeg mamma die dagen vaak aan mij.

Ik schudde mijn hoofd, want ik wilde het ook uit mijn hoofd schudden.

Epstein... Verrader... in het kamp... alle Nederlanders... En dan mamma's tranen. Het moest een diep geheim verhaal zijn. Met lijken. Een verhaal dat bijna echt was, misschien wel. Want het was een verhaal. Een verhaal over een verrader. Ik had wel meer gehoord, herinnerde ik me. Ik zat daar aan de deur te luisteren. En hoorde Epstein het verhaal vertellen.

'Wolf, over wie ging dat verhaal?'

Wolf zweeg.

Ik bonkte met mijn hoofd tegen de muur tot het bloed kwam, daarna probeerde ik met een mes mijn tong door te snijden.

Toen kwam mamma. Ik wist het mes weg te werpen.

45

Opeens wist ik het.

Ik voelde dat mijn been ging trillen van trots. Daarna begon ik te schokken.

'Hij krijgt nu schuim op zijn mond,' zei mamma door de telefoon, 'nee, hij valt niet weg.'

Ik had een wapen uitgevonden! Een dodelijk wapen. Een wapen dat alles zou vernietigen wat de moeite waard was. Het was een nieuw wapen. Het bestond nog niet. En ik had het zelf uitgevonden. Het wapen was absoluut dodelijk. Er zouden mensen sterven. Ze zouden het zelf niet weten. Ze zouden zomaar dood zijn. Wilhellemus Na Soude! Wilhellemus Na Soude! Ja, men zou zingen voor mij. Er zouden bloemen zijn.

'Tjon, wil jij mijn dochter trouwen.'

'Nee, Majesteit, ik wil met Truusje, want ik ben op haar.'

'En waarom, Tjon, wil je haar?'

'Omdat zij echte tieten heeft, Majesteit, die heb ik gevoeld.'

Majesteit zou het geweldig hebben gevonden dat ik verraders had gedood. Min of meer met eigen hand. Ik moest het wapen nog maken.

Mamma hing de telefoon op en keek naar mij.

'Hij moet z'n tong niet inslikken zei-ie.'

Epstein liep naar de gang, en toen viel ik even op de grond in slaap.

Opeens ging de telefoon – ik wist niet of ik geslapen had of niet – en mamma rende erheen.

Ik kroop naar mijn kamp.

'Hij loopt nu op handen en voeten!' riep mijnheer Epstein.

Hier zou ik het wapen maken. Hier, bij de graven. Bij het prikkeldraad dat ik om de graven had gespannen. Men zou meteen in het graf vallen.

'Tjon. Tjon!' Mamma riep mij. 'Joost wil je spreken.'

Ik rende op handen en voeten naar de telefoon. Ik wilde Joost van mijn wapen vertellen, maar hij zou het misschien waardeloos vinden en me pesten, dus ik zei maar niks.

'Waar ben je?' vroeg ik.

'Hier natuurlijk, domoor.'

'O ja, natuurlijk,' zei ik.

'Ik maakte een grapje, Tjon. Zeg, wat hoor ik, wat is er met je aan de hand?'

Ik keek naar mamma – ik kon daarom niets vertellen. Kende Joost maar geheimtaal. Misschien kon ik ter plekke een geheimtaal verzinnen, en dan hopen, omdat hij en ik dezelfde hersens hadden, dat hij het begreep.

'Totte totte vlesie, ekkie ekkie! Brul boem!' Ik dacht heel erg aan dat ik Epstein wilde ombrengen.

'Wat zeg je?'

'Totte totte vlesie, ekkie ekkie! Brul boem!' zei ik. Ik dacht nog harder hoe ik Epstein met mijn nieuwe wapen in een graf zou krijgen.

'Wat is er, Tjon?'

Ik zweeg en keek naar de telefoon. Joost kon nu ook proberen iets in geheimtaal te zeggen, misschien begreep ik het dan.

Maar hij zweeg lang en zei toen: 'Tjon, wees lief voor mamma. Die mijnheer Epstein, dat is geen slechte man, echt niet.'

Ik liet de hoorn uit mijn handen vallen. Joost... ze hadden Joost ook gehersenspoeld. Joost zat ook gevangen. Nu wist ik waar mijn vrienden over spraken. Joost werd ergens gevangen gehouden. Hij werd ook gemarteld. En hij moest dit wel tegen mij zeggen.

'Waar is Joost? Waar is Joost? Waar is Joost? Waar is Joost? Waar is Joost?' schreeuwde ik. Mamma liep naar me toe.

'Waar is Joost?' Waar is Joost? Waar is Joost? Waar is Joost?'

'Rustig nou maar... Joost... voor hem wordt goed gezorgd.'

'Joost zit gevangen! Joost zit gevangen!' schreeuwde ik.

'Maar hij komt binnenkort vrij!' riep mamma.

'Niet! Niet! Niet!' schreeuwde ik.

Ik rende op handen en voeten naar mijn kamp.

'Kom, Wolf.'

'Ja, hier ben ik.'

Ik wilde vader weer roepen, maar dat deed ik niet.

46

Ze lieten mij met rust.

Soms keek mamma minutenlang naar mij. Zonder iets te zeggen. En ik keek naar haar. Ze was mooi, en ik begreep het. Iedereen wilde met haar trouwen. Mamma had hele grote tieten. Groter dan Truusje zelfs. En dat had mijnheer Epstein natuurlijk ook gezien. Mijnheer Epstein die eigenlijk Sone was. En die eerst mijn vader had vermoord, Joost in de gevangenis had gezet en het nu op mij had gemunt.

Maar dat zou niet doorgaan, want ik was een held.

Af en toe liep ik op handen en voeten het huis door. Op zo'n manier dat mamma en mijnheer Epstein me toch niet konden volgen. Ik verzamelde wat ik nodig had voor mijn wapen.

Mijn wapen – het zou de dood brengen. De dood – en dan zou iedereen gelukkig zijn. Dan hoefde ik niet naar school. Want Hare Majesteit de Koningin zou mij een echte medaille geven. Misschien wel twee – ook één voor mijn vader.

'Tjon – je moet naar bed!' zei mamma.

'Totte kraste... shroem... schreefie... slg... slg...' Ik sprak tegen haar in mijn geheimtaal, omdat ik haar toch wilde waarschuwen: 'Er gaan doden vallen, mam. Vanavond. Verberg je.'

'Laat hem maar buiten spelen,' zei Epstein. Zijn stem kwam uit mamma's slaapkamer.

Ik wachtte tot de duisternis nog meer was ingetreden.

'We gaan het wapen maken,' zei ik.

'Dat werd tijd,' zei Wolf.

Ik pakte het prikkeldraad en bond dat heel mooi rondom het middelste graf, met een kleine opening erin. Ik zou straks in het midden staan. Maar ik moest voorzichtig zijn.

Ik oefende of ik heel voorzichtig, zonder het prikkeldraad aan te raken, naar het midden van het graf kon gaan. Na drie keer oefenen lukte me dat.

Hier zouden ze de dood vinden. Misschien moest ik alvast bloemen klaarleggen. Nee, waarom? Epstein was een oorlogsmisdadiger.

Toen ging ik door mijn huis de spullen halen. Alles was goed doordacht. Ik vond de elektriciteitssnoeren, en ze pasten allemaal heel goed in elkaar.

Ik liep ermee naar de tuin, die nu vrij donker was.

Ik maakte de draadjes schoon met een mes. Ik zag het glimmende koper. Vervolgens draaide ik het koper door het prikkeldraad. Het enige wat ik nu hoefde te doen, was de andere kant van het snoer in het stopcontact zetten.

Dat deed ik.

Nu stond het prikkeldraad onder dodelijke stroom. Ik wist precies wat ik moest doen en liep behendig om het prikkeldraad heen naar het midden van het graf.

47

'Mijnheer Epstein!' riep ik.
 Ik was moedig. Ik was moedig. Ik was moedig.
 'Wolf, ben ik moedig?'
 'Ja, heel moedig. Je bent geweldig. Je bent een oorlogsheld.'
 'Zeg maar niets, pap. Ik ben moedig, ik weet het.'
 Ik had mijn broek uitgetrokken en zou proberen te kakken als ik mijnheer Epstein zou zien.
 'Mijnheer Epstein!' riep ik. Ik keek naar het raam.
 En opeens zag ik hem.
 Ik zwaaide vriendelijk. Mijn hand was een vlag, maar geen witte. Eén met een doodskop erop, maar ook de Nederlandse driekleur: rood, geel, blauw.
 'Hij zwaait naar me,' hoorde ik hem zeggen.
 Ik stak een sigaret op.
 Toen zag ik mamma. Precies op het moment dat ik kakte.
 'Hij doet zijn behoefte op de grond in de tuin,' zei Epstein, 'en hij rookt... waarschijnlijk om beter te kunnen kakken...'
 Ik begon het Wilhelmus te zingen, althans... met nieuwe woorden die ik zelf verzonnen had – er kwam bij elk woord rook uit mijn mond. Als ik held was, zouden dit de woorden zijn die iedereen gedwongen was te zingen, als ik die woorden maar kon onthouden en eens zou opschrijven.
 'Wilhellemus Da Soude... Van held tot held wint held! Medailles zijn voor helden en ik ben nu een echte held! Vohoor

Nederland, voor Neder, voor Neder, Nederland. Een hè hè hè hè hè held voor Neder, vohoor Nehederland...' Meer kon ik niet verzinnen, maar misschien wist de koningin nog woorden.

Toen kwam mamma in de tuin.

48

Dokter Hoopman parkeerde zijn mooie auto, een echte Ford Taunus, op een grote parkeerplaats.

'Tjon, wil je die halsband afdoen?' vroeg hij.

Hij had zich naar de achterbank gedraaid. Ik zat keurig achterin en zei geen woord.

'Heb je het in je broek gedaan?'

Ik keek door het raam en zag allemaal mensen voorbijlopen die ik vaag kende: de bakker, de slager, onze buren. Dokter Hoopman gleed met zijn hand in mijn kruis.

'Je bent droog. Dat is heel goed. Ik heb nog een broekje voor je bij me. Althans, zuster Francien zou nog een broekje voor je meenemen voor als je het in je broek zou doen. Maar je bent een grote jongen vandaag hè?'

Hoopman keek opeens voor zich door de ruit. Daarna op zijn horloge.

'Tjon, die halsband moet af,' zei hij. Hij draaide zich weer om en deed de halsband af.

'Woef,' zei ik.

'Ja, je bent een hond, ik weet het. Maar... je bent nu even geen hond. Goed?'

'Grrr...woef!' zei ik.

Op dat moment kwam zuster Francien naar de auto van Hoopman. Hoopman draaide het raampje open, want hij zag dat Francien iets wilde zeggen.

'Dokter... de commissaris van politie vraagt...'

'Ik blijf bij hem!' onderbrak dokter Hoopman haar.

'Maar het gaat om na afloop van de... van de...' Zuster Francien keek naar mij.

'Woef,' zei ik zachtjes.

Zuster Francien keek me half lachend aan, en zei toen tegen dokter Hoopman: 'Hij heeft striemen rond zijn keel.'

'Hij heeft een halsband omgedaan.'

'Hoe kwam hij aan die halsband?'

'Van onze hond. Hij heeft vannacht ook in de mand van de hond geslapen.'

'Waarom wilt u hem niet in het ziekenh...'

'Niet mee bemoeien, Francien! Ik heb hem bij me thuis! Zeker tot na... vandaag!'

'Neemt u me niet kwalijk,' zei Francien.

Ik vroeg me af of ik weer een grom moest laten horen.

'Heb je nog een broekje voor hem bij je, Francien?' vroeg de dokter.

'Ik heb maar wat gekocht... Zo ongeveer... voor een jongen van zijn leeftijd.'

'Dat is goed.'

Francien overhandigde de dokter via het raampje van de auto een pakje.

Opeens begon het te regenen.

'Kom maar in de auto,' zei de dokter tegen de zuster.

Zuster Francien stapte in. Ze was een moedige vrouw, dat wist ik. Zij moest natuurlijk van oorlogsslachtoffers de wonden verbinden. Zij moest de wonden eerst ontsmetten met alcohol. Dan ging er dus alcohol in die wonden, wat erge pijn deed. En daarna moest ze, tegen de pijn, de oorlogsslachtoffers ether geven en andere pijnstillende middelen. Het kon ook voorkomen dat, als de dokter het druk had, of hij was aan het front, dat zij dan benen en armen moest afzetten. Dat heette met een moeilijk woord amputeren. Dat deed je met een zaag. Die zaagde dan door de benen heen. Zonder verdoving, zodat je overal bloed zag en je hoorde hoeveel pijn de oorlogsslachtoffers hadden, enorme pijn. En bloed. Overal bloed, omdat de zaag, een gewone zaag, dat been helemaal doorzaagde, door het bot!

'Hij geeft over!' riep zuster Francien opeens.

Dokter Hoopman sprong zijn auto uit en deed de achterdeur open.

'Niet in mijn auto, Tjon!' riep hij, maar ik moest nog een kots doen.

Zuster Francien was ook uit de auto gestapt en had ergens een zakdoek vandaan gehaald. Ze veegde mijn mond schoon.

'Hij kan zo niet naar binnen,' zei ze.

'Hij moet. Ik wil dat hij het ziet en meemaakt!' zei dokter Hoopman.

'Tjon, wat is er met je? Ben je misselijk?'

'Woef.'

Na een halfuur – ik was in de wc schoongeboend door zuster Francien – nam dokter Hoopman me bij de hand.

'Weet je waar we nu zijn, Tjon?'

'In het paleis van Hare Majesteit de Koningin, dokter,' antwoordde ik. Ik had gezien dat we in een groot gebouw waren.

'Nee, Tjon. We zijn in crematorium Westgaarde. Weet je wat een crematorium is?'

'Ja.'

'Wat is dat dan, Tjon?'

'Daar verbranden ze oorlogsslachtoffers die helden zijn.'

Dokter Hoopman aaide me over mijn hoofd.

'Zoiets ja. En weet je wie er vandaag...'

'Een slachtoffer van het Japanse kamp, mijn moeder, een heldin,' zei ik, en ik was trots op de volzin die ik zonder haperen uitsprak.

'Ja,' zei Hoopman, 'kom, we gaan naar binnen.'

We liepen naar binnen – er klonk ouderwetse muziek met violen – en Hoopman pakte mijn hand stevig beet en liep met me naar voren.

'Kijk, Tjon. Ik wil dat je kijkt.'
Ik keek niet.
'Tjon... Kijk!... Kijk!'
Maar ik wendde mijn blik af. Dokter Hoopman liep naar de eerste rij. Ik herkende mijnheer Epstein. Ik lachte vriendelijk naar hem, en toen we voorbij hem liepen, zei ik: 'We hebben gewonnen!'
Epstein zei niets. Hoopman wilde iets aan me vragen, maar op dat moment zag ik Joost, met twee agenten naast zich.
Joost keek naar de grond.
'We hebben gewonnen, Joost,' zei ik.
Joost keek op, hij had gehuild.
'Wat zeg je, Tjon?'
'We hebben gewonnen,' zei ik.
'We?'
'Ja... Jij, pappa, Wolf en ik.'
'Wie is Wolf?' vroeg Joost.
'De hond.'
'Waar is hij?'
'Hier.'
'Waar dan?'
'Bij pappa.'
'Pappa is dood, dus is Wolf dood, Tjon?'
'Nee,' zei ik.
Joost zei niks meer. Ik wilde bij hem staan, maar dokter Hoopman trok me weer mee.
'Wacht even, dokter,' zei Joost. We stonden stil. Het was alsof iedereen naar ons luisterde.
'Mamma is dood, Tjon.'
'Ze is als heldin gestorven.'
'Hoe is ze gestorven, Tjon?'
'Wolf heeft haar gered.'
'Wolf?'
'Ja. En pappa.'
'Maar hoe is ze gestorven, Tjon?'

'Ze is in het kamp gestorven, Joost. Ze is gelukkig in het kamp gestorven.'

'Hoe weet je dat ze gelukkig was, Tjon?'

'Ze zei... "Lieve jongen"... tegen mij, Joost... "lieve jongen, alles is goed...". Omdat ik een held was, waarschijnlijk. Ik deed het voor het vaderland.'

'Maar hoe is ze gestorven, Tjon? Hoe en waardoor? Vertel het me. Hoe...'

Joost klonk kwaad.

Dokter Hoopman trok me mee. We liepen langs de zwijgende mensen. De dokter zette me precies voor de kist neer. In een ooghoek kon ik Epstein zien zitten, maar ik keek hem niet aan.

'Wordt hij straks opgepakt?' vroeg ik aan Hoopman. Ik fluisterde.

'Wie?'

'Die Japanner.'

'Ik denk het wel, Tjon.'

Toen gaf ik zuster Francien ook een hand. Er werd weer ouderwetse muziek gespeeld.

'Gaan ze het Wilhelmus nog spelen?'

'Ik weet het niet, Tjon.'

'En denkt u dat de koningin nog komt?'

'Waarom Tjon?'

'Om mij... een medaille te geven.'